HYGIÈNE

疯狂诺贝尔

〔比〕阿梅丽·诺冬（Amélie Nothomb）——著　胡小跃——译

DE L'ASSASSIN

湖南文艺出版社
HUNAN LITERATURE AND ART PUBLISHING HOUSE

博集天卷
CS-BOOKY

* * * * *

　　文豪普雷泰克斯塔·塔施活不了两个月了。消息传来，世界各国的记者都请求与这位八十多岁的老人私下见面。无疑，这位老人享有崇高的威望。看到《南甘谣言报》《孟加拉国观察家报》（我们且列举几家）这样著名的日报都派密使追到这位法语小说家的床前，人们真是不敢相信。于是，塔施先生在去世前不足两个月的时间里，对自己的知名度有了概念。

　　塔施的秘书负责在申请者当中进行严格的挑选：秘书一笔画去了所有外文报纸，因为这个垂死的老人只懂法语，而且不相信任何翻译；他拒绝有色记者，因为老人上了年纪，会发表一些种族主义言论，而这些话与其深刻的见解格格不入——研究塔施的专家们对老人想惹事时说的那些话感到很尴尬；最后，他彬彬有礼地打发走了电视台、女性杂志、政治倾向太强的报纸，尤其是医学杂志，这些医学杂志想知道这位伟人是怎么得了如此罕见的癌症的。

塔施先生知道自己得了可怕的埃森韦韦普拉兹症后不无骄傲，这种病说得通俗一点叫作"软骨癌"。十九世纪时，那个以他的名字给疾病命名的医生，在卡宴的十来个苦役犯身上发现了这种病，那些苦役犯因杀人然后进行性暴力而被监禁。但此后这种病再也没有出现过。塔施把得这种病当作一种意外的荣耀：他身体肥胖，无毛无须，除了声音以外，活像个太监。他怕自己死于某种愚蠢的心血管病。在拟墓志铭时，他还记得提及那个德国医生的伟大名字，多亏那位医生，他将体体面面地死去。

说真的，这个成天坐着不动的大胖子竟能活到八十三岁，这让现代医学研究者大惑不解。他胖成那个样子，几年前就承认走不动了。他对营养师的建议置之不理，放开肚子大吃。而且，他每天抽二十支哈瓦那雪茄，但他喝酒很有节制，也早就不近女色了。他那颗几乎要被脂肪窒息的心脏为什么运行良好，医生们找不到解释。他长寿的原因跟将要夺去他生命的那种综合征的来源一样，神秘莫测。

围绕这场即将来临的死亡做如此大规模的报道，世界各国的媒体无不义愤填膺。读者也对媒体的这种自我反省反应强烈。根据现代新闻规律，被选中的记者越少，他们的报道便越让人期待。

传记作家已跃跃欲试，出版商也摩拳擦掌。当然，也有几个知识分子在寻思，这种惊人的成功会不会言过其实？普雷泰克斯塔·塔施真的有创新？不会是对陌生作者的天才模仿吧？他们列举了几个圈外人听不懂的名字作为依据，随后便投入地大谈起来。其实，他们自己也没读过这些作者的著作。

所有这些因素都齐齐地使这个垂死者不同凡响。毫无疑问，这是一种成功。

这位写了二十二部小说的作者住在一栋普通建筑的一楼。他需要一个没有楼梯的住所，因为他行动要靠轮椅。他一个人生活，没有任何宠物。每天下午五点左右，一个十分勇敢的女护士来给他洗澡。他不能忍受别人替他买东西，而要亲自去街区的杂货店买生活用品。他的秘书埃内斯特·格拉沃兰住在五楼，但尽量避免见他，只是经常打电话给他，他接起电话总是这样开头："对不起，亲爱的埃内斯特，我还没有死。"

然而，格拉沃兰老是重复地对那些被选中的记者说，老人有很多钱，他不是每年把收入的一半都捐给慈善机构了吗？人们难道没有从他的小说的某些人物身上发现这种秘密的慷慨吗？"当然，他让我们大家都感到害怕，我首当其冲。但我坚持认为这种具有攻击性的面具是一种做作：他喜欢扮演一个残酷无情的大胖子，以掩饰溢于言表的同情心。"

　　这番话并没有使那些专栏记者感到安心，况且，他们不想丢掉别人所羡慕的那种恐惧，那种恐惧给他们蒙上了一层战地记者的色彩。

　　作家濒死的消息是一月十日传出来的。十四日，第一个记者得以见到作家。他进入公寓，里面漆黑一团，过了好一会儿他才看清坐在客厅正中扶手椅上的那个肥大的身躯。那个八十多岁的老人只用阴沉的声音含糊不清地说了句"你好，先生"，想让他自在些，但这个不幸的人显得更加紧张了。

　　"幸会，塔施先生。非常荣幸。"

　　录音机开着，等待这位沉默的老人说话。

　　"对不起，塔施先生，我能开灯吗？我看不清您的脸。"

　　"现在是早上十点，先生。我在这个时候不开灯。而且，只要你的眼睛习惯了黑暗，你很快就能看清的。好好利用这段时间，听我的声音就行了。这是我最美的东西。"

　　"真的，您的声音很美。"

　　"是这样。"

　　沉默使这个闯入屋内的记者很尴尬，他在笔记本上记道："塔施严肃地沉默着，尽量避免说话。"

"塔施先生，医生要您住院，但遭到您的拒绝。全世界都钦佩您的这个决定。所以，第一个必须提的问题是，您感觉如何？"

"我的感觉和二十年前的感觉一样。"

"这就是说……"

"没什么感觉。"

"对什么没什么感觉？"

"对什么都没什么感觉。"

"噢，我明白了。"

"我很佩服你。"

在病人无疑是中性的声音中，没有任何讽刺的意味。记者露出一丝苦笑，然后又问：

"塔施先生，跟您这样的人说话，我就不像我的职业所要求的那样拐弯抹角了。请允许我问问您，一位大作家知道自己就要死亡时是怎么想的？心情又如何？"

沉默。叹气。

"我不知道，先生。"

"您不知道？"

"假如我知道我在想什么，我想，我就不会成为作家了。"

"您的意思是说，您写作是为了最终知道自己在想什么？"

"可能是这样。我有些记不清了，我早就不写作了。"

"怎么会呢？离您的最后一部小说出版还不到两年……"

"翻抽屉，先生。我的抽屉满到我死后十年里每年都可以出一部小说。"

"真是不可思议！您是什么时候停止写作的？"

"五十九岁的时候。"

"这么说，二十四年来，您的小说都是翻抽屉翻出来的？"

"你算得很准。"

"您是什么时候开始写作的？"

"很难说：我多次开始，又多次停止。第一次是在六岁的时候，我写了一些悲剧。"

"六岁的时候写悲剧？"

"是的，诗体悲剧。写得不怎么好，七岁时停止了，九岁的时候我又'旧病复发'，写了一些哀歌，也是诗体的。我看不起散文。"

"真让人吃惊，因为您是我们这个时代最伟大的散文家之一。"

"十一岁的时候，我又停止了。一直到十八岁，没有再写过一行字。"

记者在笔记本上写道："塔施接受了恭维，没有生气。"

　　"那十八岁的时候呢？"

　　"我重新开始写作。起初我写得很少，后来越写越多。二十三岁时，我达到了巡航速，这种状况一直维持到五十九岁。"

　　"您说的'巡航速'是什么意思？"

　　"除了写作，什么都不做。我不停地写。除了吃饭、抽烟和睡觉，我没有任何活动。"

　　"您从来不出去？"

　　"除非迫不得已。"

　　"事实上，谁也不知道您在战争期间做了些什么。"

　　"我自己也不知道。"

　　"怎么才能让我相信您？"

　　"这是事实。从二十三岁到五十九岁，我的日子大同小异。对于这三十六年，我有一种漫长的回忆，清一色的，几乎分不清时代：我起床就写，写完就睡觉。"

　　"但您最终还是跟大家一样经受了战争。我想问一问，您是怎样填饱肚子的？"

　　记者知道自己接近了这个胖子一生中最主要的内容。

　　"啊，我想起来那些年我吃得很差。"

　　"您记得很清楚！"

"我没有为此而感到痛苦。当时，我很贪吃，但不讲究。我的香烟储备得很充足。"

"您是什么时候成为美食家的？"

"当我停止写作的时候。在这之前，我没有时间讲究美食。"

"您为什么停止写作？"

"五十九岁生日那天，我觉得自己完了。"

"为什么会这样想？"

"我不知道，这就像更年期来临一样。我扔下了我没有写完的小说。这很好：在成功的生涯中，应该有一部没有写完的小说，这样才能让别人相信你是成功的；否则，别人会把你当作三流作家。"

"所以，您三十六年不间断地写作，然后，朝夕之间，一行都不再写了？"

"是这样。"

"那么，接下来的二十四年您干了什么？"

"我跟你说了，我成了美食家。"

"总是吃？"

"不如说总是处于吃的状态吧。"

"除此之外呢？"

"你知道，吃是需要时间的。除此之外，几乎什么都不干。我重新阅读古典作家的作品。啊，对了，我买了电视机。"

"怎么？您喜欢电视？您？"

"喜欢广告。仅仅是广告。我喜欢广告。"

"其他都不喜欢？"

"不喜欢，除了广告，我不喜欢电视。"

"太神奇了。这么说，您花了二十四年来吃东西和看电视？"

"不，也睡觉和抽烟，还读读书。"

"然而，人们总是谈起您。"

"这是我的秘书，那个出色的埃内斯特·格拉沃兰的错。他负责翻我的抽屉。是我的出版商在编我的传奇故事，还把医生一个个带到这里来，希望能让我恢复工作状态。"

"徒劳。"

"万幸。他们太笨了，治不好我。因为，说到底，我的癌症并不是由食物引起的。"

"那是由什么引起的？"

"神秘的东西，反正不是食物。据埃森韦韦普拉兹（这个胖子津津有味地念着这个名字）说，一定是出生之前，遗传方面出了问题。所以，我有理由什么都吃。"

"您一出生就得了这种病？"

"是的，先生，就像一个真正的悲剧人物，又来跟我谈论人生的自由。"

"尽管如此，您还是享受了八十三年的缓刑期。"

"确实是缓刑。"

"在这八十三年当中，您是自由的，这您不会否认吧？比如说，您可以不写……"

"难道你是在指责我写作吗？"

"我不是这个意思。"

"啊，很遗憾，我正要开始尊重你。"

"不管怎么说，您仍然不后悔自己写作过？"

"后悔？我无法后悔。吃块焦糖？"

"不，谢谢。"

这位小说家往嘴里塞了一块焦糖，咬得"咔咔"响。

"塔施先生，您害怕死吗？"

"毫不畏惧：死不应该是什么大变化。相反，我害怕病痛。我弄了些吗啡，自己注射。这样，我就不害怕了。"

"您相信来世吗？"

"不相信。"

"那么，您相信一死百了？"

"已经被消灭的东西还怎么消灭？"

"这种回答很可怕。"

"这不是回答。"

"我明白。"

"真佩服你。"

"总之，我想说……（记者试图说出自己想说的话，但假装一时不知道怎么说）小说家是提问题的，而不是回答问题的。"

死一般的静寂。

"不过，这不是我真正想说的……"

"不是？真遗憾，我还以为这就是你想说的话呢！"

"我们现在谈谈您的作品好吗？"

"如果你一定要谈的话。"

"您不愿意谈，是吗？"

"什么都瞒不住你。"

"像所有的大作家一样，一谈起自己的作品，您就腼腆得不得了。"

"腼腆？我？你一定是搞错了。"

"您喜欢贬低自己。您为什么否认自己腼腆？"

"因为我不腼腆，先生。"

"那么，您为什么不愿谈论自己的小说？"

"因为谈论小说毫无意义。"

"不过，听一个作家谈论他自己的创作，谈他如何写作、为什么写作、以什么写作，这还是挺有趣的。"

"如果一个作家在这一点上让人感到有趣，只有两种可能：要么他重复他在书中所写的内容，在这种情况下，他是鹦鹉；要么他解释他在书中没有写的趣事，如果是这样，那本书一定失败了，因为该写的没写完。"

"尽管如此，还是有许多作家成功地避开了这些暗礁，能够讲述自己的作品。"

"你自相矛盾了：两分钟前，你还告诉我，一提到自己的作品，所有的大作家都会变得很腼腆。"

"但我们可以谈论作品而又保守秘密。"

"是吗？你以前试过？"

"没有，我不是作家。"

"那你以什么名义跟我说这些废话？"

"您不是我采访的第一个作家。"

"你竟敢把我与你习惯'审问'的那些拙劣的作家相提并论？"

"他们不是拙劣的作家！"

"如果他们热情而腼腆地大谈他们的著作，毫无疑问，他们是拙劣的作家。你怎么可能让一个作家腼腆呢？这是世界上最无耻的职业：作家们从来都通过风格、思想、故事和研究来谈论自己，而且用的还是文字。画家和音乐家也谈论自己，但他们用的语言远没有我们的语言粗俗。不，先生，作家都是下流的；如果他们不下流，他们就去当会计、火车司机、电话接线员了，那就值得人们尊敬了。"

"就算是这样。那请您给我解释一下，您为什么这么腼腆？"

"你这是在歌颂我吗？"

"可以说是的。您当作家整整六十年，而这是您第一次接受采访。您从来没有在报纸上露过面，从来没有出现在任何文学或非文学的圈子里。说实在的，您只有去买东西时才离开这个公寓。人们甚至不认识您的任何朋友。这不是腼腆又是什么？"

"你的眼睛习惯黑暗了吗？现在，你看得清我的面孔了？"

"模模糊糊。"

"这对你来说太好了。先生，要知道，如果我英俊的话，我就不会隐居在这里了。事实上，如果我很英俊，我就永远也当不了作家了。我会是冒险家、奴隶贩子、酒吧侍应生、追求有钱女子的人。"

"这么说，您认为相貌和职业有关系？"

"那不是职业。当我发现自己很丑的时候，我就开始写作了。"

"您是什么时候发现的？"

"很快。我一直很丑。"

"可您并不那么丑。"

"你至少很细心。"

"您很胖，但不丑。"

"你还想怎么样？四个下巴，猪一样的眼睛，白薯一样的鼻子，脑门跟脸一样寸草不生，脖子皱巴巴的像个垫圈，脸肥胖得往下垂——饶了你吧，我只描述脸。"

"您一直以来都这么胖吗？"

"十八岁时我就已经这样了。你可以叫我大胖子，我不会生气的。"

"好，大胖子。可人们看见您时并不会害怕。"

"我向你承认，我还可以更令人恶心：我可能长着酒渣鼻，生着疣……"

"不过，您的皮肤很漂亮，又白又净，我想摸上去一定很软。"

"太监的肤色，亲爱的先生。脸上，尤其是一张肥胖而光滑的脸上有这样的皮肤，确实有点可怕。事实上，我的脑袋像两瓣屁股，又光又软。这个脑袋与其说使人恶心，不如说让人发笑。有时，我宁可使人恶心，这样还好受些。"

"我很难相信您会为自己的长相而痛苦。"

"我没有为此而感到痛苦。痛苦属于别人，属于那些看我的人。我自己不看自己，从来不照镜子。如果我选择了另一种生活，我会感到痛苦。对于我现在所过的生活，这具身体很适合我。"

"您曾希望选择另一种生活？"

"我不知道。我想，所有的生活都有其价值。有一点可以肯定，那就是我没有后悔。如果我又回到十八岁，并拥有同样的身体，我会重新开始，重新经历我所经历过的生活——一点不漏。"

"写作，这不是生活吗？"

"我很难回答这个问题，我没有其他生活经历。"

"您已经出版了二十二部小说。据您说，您还有小说要出版。在这众多著作的众多人物当中，有哪位与您特别相像吗？"

"一个也没有。"

"真的？我跟您说实话，我觉得您的小说中有个人物与您酷似。"

"是吗？"

"是的。《没有痛苦的耶稣受难像》中的那个蜡像商。"

"他？亏你想得出。"

"我会告诉您为什么：当您提到他的时候，您总是写'耶稣收难像'①。"

"那又怎么样？"

"他没有上当，他知道这是一部小说。"

"读者也知道。他并没有因此而像我。"

"他喜欢做受难者脸部的模子——那就是您，不是吗？"

"我向你保证，我从来没做过受难者脸部的模子。"

"当然没有，但它隐喻您所做的工作。"

"年轻人，你对隐喻懂得多少？"

"可……这是大家都知道的。"

"回答得好。人们对隐喻一无所知。这个词很受欢迎，因为它气度不凡。'隐喻'，最没文化的人以为它来自希腊语。真是疯了！这种说法是没有根据的，根本不对。meta 这个前缀，

① 记者在此故意把"受难"说成"收难"。——译者注（本书的注释均为译者注，后文不再说明。）

词义多得不得了，phero 这个动词样样管，属中性。如果你了解这两点，你就会坚信，'隐喻'这个词完全可以表示任何意思。而且，根据它的用法，人们得出的结论都是相同的。"

"这是什么意思？"

"我说了我想说的意思，完整而准确。我没有用隐喻来说话。"

"那蜡像模子呢？"

"蜡像模子就是蜡像模子，先生。"

"塔施先生，现在轮到我失望了，因为如果您对隐喻不做任何解释的话，您的作品将只剩下低级趣味的东西。"

"低级趣味各有不同：有的低级趣味是圣洁的，能给人以新生，创造出令人恐惧的东西，这种恐惧就像吗啡解毒一样，快乐、催泻、使人刚强、有益于健康；有的低级趣味与宗教有关，它有美丽的呕吐物做遮饰，要穿密封的潜水服才能穿过。这件潜水服就是隐喻，它让脱了潜水服的隐喻者可以大喊：'我穿越了塔施的全身而没有弄脏自己！'"

"可这也是一种隐喻。"

"当然，我试着以隐喻为武器来穿透隐喻本身。假如我想扮演基督，假如我得鼓舞群众，我会大喊：'年轻人，来参加我的拯救世人的弥撒吧，让我们用隐喻来隐喻，混合隐喻，让它像雪一样扬起，把它做成一个蛋奶酥，让这个蛋奶酥鼓起来，鼓得大大的，鼓到最大，最后爆炸。年轻人，让它掉下来吧，落在地上，让客人们失望，让我们得到巨大的快乐！' "

"作家讨厌隐喻，就跟银行家讨厌金钱一样荒唐。"

"我敢肯定，大银行家都讨厌金钱。这一点都不荒唐，恰恰相反。"

"然而，您又喜欢文字？"

"是的，我崇尚文字，但这是两码事。文字是最美好的物质，是神圣的原料。"

"那么，隐喻，就是食物——您喜欢食物。"

"不，先生，隐喻不是食物，句法是食物。隐喻是虚伪，咬一口番茄，说这番茄吃起来像蜜，然后吃蜜，说这蜜的味道像姜，然后咬姜，说这姜的味道像菝葜①，接着……"

"噢，我明白了，没必要再说下去了。"

"不，你没有明白。为了让你明白隐喻究竟是什么意思，我得把这个小小的游戏继续进行下去，进行几个小时。因为隐喻者从来不停止隐喻，如果行善者不对他饱以老拳，他会一直说下去。"

---

① 一种藤本植物，叶多为椭圆形，花为黄绿色。

"行善者，我想就是您了。"

"不，我总是有点过于软弱和善良。"

"您还善良？"

"善良得可怕。我不知道还有谁跟我一样善良。这种善良很可怕，因为我之所以善良，绝非由于善良，而是由于慷慨，尤其是由于害怕夸大，我很容易自我夸大，我看不清这种夸大，所以避之如瘟疫。"

"您蔑视善良。"

"你一点都不明白我说了些什么。我赞美以和蔼或爱为起源的善良。可你知道多少人能拥有这种善良？在大多数情况下，当人们显得善良的时候，那只是为了得到和平。"

"就算是这样吧。但您还是没有告诉我那个蜡像商为什么要做受难者的模子。"

"为什么不呢？没有一种职业是愚蠢的。你是个记者，我问你为什么了吗？"

"您可以问。我当记者，是因为有这种需求，因为人们对我的文章感兴趣，因为人们买我的文章，因为这能让我传递信息。"

"如果我在你这个位置上，我不会为此沾沾自喜。"

"不管怎么样，塔施先生，必须好好活着。"

"你觉得是这样吗？"

"您不也是这样吗？"

"这还有待证明。"

"总之，您的蜡像商就是这样。"

"你抓住这个勇敢的蜡像商不放。为什么他要做耶稣的模子？其原因我想与你恰恰相反：因为没有需求，因为谁都对他不感兴趣，因为没有人买他的东西，因为这使他得以不传递任何信息。"

"这不是一种荒谬的表达方式吗？"

"没有你的表达方式荒谬，如果你想听听我的意见的话——你想听吗？"

"当然想听，我是记者。"

"这就对了。"

"为什么您对记者怀有这种敌意？"

"不是对记者，而是对你。"

"我怎么会如此荣幸？"

"因为你坏事做绝。你不停地骂我，把我当作一个隐喻者，指责我低级趣味，说我不'那么'丑，对蜡像商纠缠不放。最恶劣的是，你声称明白我的意思。"

"可是……不这么说我又该怎么说？"

"这是你的职业，又不是我的职业。别人要像你这样笨，肯定不会来纠缠普雷泰克斯塔·塔施先生的。"

"是您准许我来的。"

"绝对不是，是格拉沃兰那个蠢货干的好事。他一点分辨能力都没有。"

"开始时您还说这个人非常出色。"

"这不排除愚蠢。"

"好了，塔施先生，别再惹人不快了，您并不是这样的人。"

"粗俗的家伙！马上给我滚出去！"

"可是……采访才刚刚开始。"

"已经太长了，你什么都不懂！滚！告诉你的同事们，应该尊重普雷泰克斯塔·塔施先生！"

记者夹着尾巴灰溜溜地走掉了。

他的同事们正在对面喝咖啡，没想到他这么快就出来了。他们叫了他一声，这个不幸的家伙脸色铁青，走过来，跌坐在他们当中。

点了一杯大杯的波尔图鸡尾酒后，他缓过神来，跟他们讲述了自己的不幸遭遇。由于害怕，他呼出一种可怕的味道，跟曾在鲸鱼肚子里待过的约拿[①]身上的味道一模一样，跟他说话的人都被恶心到了。他意识到这种霉臭了吗？最后是他自己提到了约拿：

"鲸鱼的肚子！我向你们保证，一切尽在其中！黑暗、丑陋、恐惧、幽闭恐惧症……"

"臭味呢？"一个同事斗胆问。

"就缺那味道了。可是，那家伙确实像一副内脏：像肝一样光滑，像胃一样鼓——他的胃一定是胀鼓鼓的，像脾脏一样毒，像胆囊一样苦！他一眼扫过来，我就觉得他把我消化了，把我溶化在他新陈代谢的液体中！"

"哎，你在添油加醋吧！"

"恰恰相反，我总觉得自己词不达意。你们要是见到他最后发火的情景就好了！我从来没见过有人发这么大的火：既突然，又到位。那个胖家伙，我原先还以为他长满红斑，身体浮肿，呼吸艰难，浑身汗臭呢！但根本不是这样，那种突如其来的狂怒跟他的冷漠一样，难以描述。你们听听他命令我出去的声音就知道了！在我的想象中，古代中国皇帝下

---

① 希伯来先知，据《圣经》，神命他去尼尼微，他不从，乘船逃走。神便使海上风浪大作，只有把他投入海中风浪方可平息，于是众人把他扔进海里。神预备了一条大鱼，把他吞进肚子里三天三夜。

斩首令时就是这样说话的。"

"不管怎么说，他给了你扮演英雄的机会。"

"你这样认为？我从来没有觉得自己这么可怜过。"

他端起酒杯，一饮而尽，突然哭了起来。

"好了，记者被当作笨蛋也不是第一次！"

"啊，我被别人赶出来，这还不算最糟的呢！但他说话的方式，那张光滑而冰冷的脸，充满了蔑视的神情——太有说服力了！"

"能让我们听听录音吗？"

一片静寂，静寂得像在教堂里一般。录音机开始抖真货，当然，只有部分内容，因为那张冰冷的脸，那种黑暗，那双呆板的、肥胖的手，屋中的静止，所有这些吓得那个可怜者要死的细节，磁带都反映不出来。同事们听了之后，都认为小说家做得对。大家都赞赏他，每个人都做了点评，并且教训那个受害者说："老兄，你这是在惹他！你跟他谈文学就像谈教科书一样。我理解他的反应。"

"你为什么要把他与他创作的人物等同起来呢？这太幼稚了。"

"那些关于身世的问题，谁也不会感兴趣。你没读过普鲁斯特的《驳圣伯夫》吗？"

"真蠢，告诉他，你擅长采访作家！"

"太粗鲁了，跟他说，他并不那么丑！老兄，有礼貌一点嘛！"

"还有隐喻！在这一点上，他明显比你占上风。我不想让你难受，但我要说，你活该。"

"说实话，你跟塔施这样的天才谈论什么叫荒谬，真是可笑！"

"不管怎么说，你这场失败的采访，清楚地表明：这家伙太了不起了！太聪明了！"

"口才太好了！"

"这胖子真精明！"

"肯定很坏！"

"你们至少承认他坏了？"不幸者叫道，像是抓住了一根救命稻草。

"照我看，还不算坏。"

"我甚至觉得他对你很好。"

"而且滑稽。当你愚蠢地对他说（请原谅），你明白他的意思时，他本来可以狠狠地臭骂你一顿，这完全合理，而他只是幽默地反驳你，话中有话，但你似乎没有听出来。"

"Margaritas ante porcos." ①

大家群起而攻之。这个倒霉蛋又要了一杯大杯的波尔图鸡尾酒。

普雷泰克斯塔·塔施喜欢喝亚历山大酒。他喝得很少，但当他想喝什么东西时，他总是喝亚历山大酒。他坚持亲自调酒，因为他不相信别人能掌握好比例。这个固执的胖子喜欢重复，喜欢发火，喜欢说自己编的格言："看一个人是否诚实，只需看他调的亚历山大酒。"

如果我们把这条格言用到塔施本人身上，一定会得出这么一个结论：他是诚实的化身。他调的亚历山大酒，一口就能把比赛中夺冠的熟蛋黄或甜炼奶打倒。小说家喝着酒，没有一点身体不适的样子。他对大为惊讶的格拉沃兰说："我是亚历山大酒之王。"

"可这还叫亚历山大酒吗？"格拉沃兰问道。

"这是亚历山大酒的精华。偷喝者永远不懂得如何稀释。"

对如此权威的话，还有什么可说的呢？

"塔施先生，首先，我代表全部记者就昨天发生的事情

---

① 原文为拉丁文，意为"别不识货"。

向您道歉。"

"昨天发生什么事了？"

"那个记者纠缠着您，丢了我们的脸。"

"啊，我想起来了。一个让人很有好感的小伙子。我什么时候可以再见到他？"

"永远见不到了，您放心吧！如果您愿意的话，他今天就像一条狗一样病倒了。"

"可怜的小伙子！他出什么事了？"

"酒喝得太多了。"

"我早就知道酒不是好东西。如果我知道他喜欢提神的饮料，我会给他好好调点亚历山大酒的，没有什么比这对新陈代谢更有好处了。你要来点亚历山大酒吗，年轻人？"

"工作时从来不喝。谢谢。"

记者发现，他的拒绝让对方大感不解。

"塔施先生，您不该恨我们昨天的那个同事。我得说，训练有素、能与您这样的名人谈话的记者实在太少了……"

"就缺那样的人。培养敢于跟我谈话的年轻人！有个叫'接近天才的艺术'的学科！太让人害怕了！"

"是吗？我从中得出结论，您并不恨我们的同事。谢谢您的宽容。"

"你是来跟我谈你的同事还是来谈我的？"

"当然是来谈您的。这只不过是开场白。"

"遗憾。啊呀，一想起喝亚历山大酒，我就坐立不安了。请你等我一会儿——不过，说起来还是你的错，谁让你跟我谈起亚历山大酒的？你勾起了我想喝亚历山大酒的欲望。"

"可我没有跟您谈起亚历山大酒呀！"

"年轻人，做人要诚实。我不能容忍说假话。你还是不想喝我的酒？"

记者没有意识到塔施还想给他最后一个机会，而白白地失去了这个机会。小说家耸耸肩，把轮椅滑向一个棺材模样的东西，掀起盖子，里面露出了一些酒瓶、食品罐头和高脚酒杯。

"这是墨洛温王朝①的啤酒，"胖子解释道，"我自己在酒吧里调制的。"

他抓起一个大金属杯，往里面倒了很多可可甜酒，然后加上烧酒。接着，他狡猾地向记者抬起头来，说："现在，你就要知道大师的秘密了。普通人往往把可可甜酒的最后三分之一也掺进去。我觉得这样太浓了，于是，我用剂量相当

---

① 公元 5—8 世纪统治高卢的王朝。

的……(他拿起一个食品罐头)甜炼奶来代替这种可可甜酒(他边说边做)。"

"可这一定很难喝!"记者夸张地叫起来。

"今年冬天很暖。如果冷的话,我便用一个大核桃,上面沾着熔化的黄油,加到我的亚历山大酒里面。"

"是吗?"

"是的。炼奶没奶酪那样腻,所以应该加炼奶。其实,现在还是一月十五日,从理论上来说,我还有权吃黄油,但这样的话我就得到厨房里去,把你一个人留在这里。这不合适。所以,我就不要黄油了。"

"请不要因为我而感到不便。"

"算了。看在今晚就要到期的最后通牒的分上,我就不要黄油了。"

"您很关心海湾战争?"

"关心得都不再往我的亚历山大酒里面加黄油了。"

"您看电视新闻吗?"

"在广告的间隙,我有时得忍受新闻。"

"您对海湾战争怎么看?"

"不怎么看。"

"什么看法都没有?"

"什么看法都没有。"

"您对此漠不关心？"

"一点也不。我是怎么想的，这没有任何意义。不应该问一个残疾的大胖子对这场危机有什么看法。我不是将军，不是和平主义者，不是消防员，也不是伊拉克人。相反，如果你问我关于亚历山大酒的看法，我会回答得很出色。"

他把高脚酒杯端到唇边，贪婪地喝了几大口，结束了这场漂亮的高谈阔论。

"您为什么用金属酒杯喝酒？"

"我不喜欢透明的东西。这也是我这么胖的原因之一：我不喜欢人们一眼看透我。"

"既然谈到这一点，塔施先生，我想问您一个每个记者都想问但谁也不敢问的问题。"

"我多重？"

"不，您吃什么？大家都知道吃在您的生活中占有很重要的地位。美食及其自然的结果、消化，是您最近几部小说的主题，如《消化不良辩》。我觉得那本书流露了您精神思考的精华。"

"没错。我认为玄思是表达新陈代谢的最好方式。它们在思维上属于同一个等级，因为新陈代谢分为合成代谢和分解代谢，我也把玄思分成合成思考和分解思考。不应该认为它们是对立的，而应该把它们看作必不可少、很不舒适的两个阶段，并伴随着平凡的思维过程。"

"这是否也是对雅里 ① 和特殊学科的暗示？"

"不，先生，我是个严肃的作家。"老人语气冰冷地答道，然后又喝了一口亚历山大酒。

"那么，塔施先生，您能不能简要地描述一下您日常生活中某一天的消化过程呢？"

庄严的沉默。在这沉默当中，小说家似乎在思考。然后，他开始说话，极其严肃，好像在揭示一个秘密的教理：

"早上，我八点钟左右醒来。首先，我到厕所去弄空我的膀胱和肠。你想知道细节吗？"

"不，我想这已经够了。"

"很好，因为这是消化过程中一个必不可少但绝对肮脏的阶段，请你相信。"

"我相信您说的话。"

"那些没有见过就相信的人太幸福了。撒完爽身粉后，

---

① 阿尔弗雷德·雅里（1873—1907），法国作家，超现实主义的先驱之一，他在《福斯特洛尔博士的行为与意见》中创造了"特殊学科"这个概念，意为给普通的问题以想象的答案。

我便开始穿衣服。"

"您里面总穿着浴衣？"

"是的，除非我出去买东西。"

"您的残疾在这些方面不会妨碍您吗？"

"我练出来了。接着，我去厨房准备早餐。以前，当我写作时，我不做饭，我吃粗糙的食物，比如冷肠……"

"早上吃冷肠？"

"我明白你为什么惊讶。应该跟你说清楚，在那个时候，写作是我的主要活动。不过，现在，我早上讨厌吃冷肠了。二十年了，我习惯花半小时烤黄它，然后涂上肥鹅肝酱。"

"早餐吃肠蘸肥鹅肝酱？"

"味道好极了。"

"吃肠时也喝亚历山大酒？"

"不，吃肠的时候从来不喝。写作时，我喝很浓的咖啡。现在，我喜欢蛋黄甜奶。我出去买东西，然后，一上午都在做精美的午饭：大脑煎饼、焖腰子……"

"还有复杂的点心？"

"很少。我喝甜的东西，所以我不想再吃甜点。再说，两餐之间，我有时会吃点焦糖。年轻时，我喜欢苏格兰焦糖，很硬。唉，现在年纪大了，我只能吃软焦糖了，而且必须是很好的焦糖。嚼英国焦糖时下巴麻麻的，我认为这种感觉无与伦比……记下我刚才说的话，我觉得这非常动听。"

"没必要，一切都录下来了。"

"怎么回事？可这是不诚实的！那我甚至连蠢话都不能说了？"

"您从来不说蠢话，塔施先生。"

"你的这种奉承就像诽谤一样，先生。"

"请继续把您的消化受难图说下去吧！"

"消化受难图？这个词说得好。你不是从我的哪部小说里剽窃来的吧？"

"不，是我自己想出来的。"

"我感到很震惊。我敢发誓它出自普雷泰克斯塔·塔施的书。我曾经把自己的作品都熟记在心……唉，记忆衰退了，不是吗？不是动脉衰老，正如傻子们所说的那样。唉，'消化受难图'，是我在哪部小说中写的？"

"塔施先生，即使您写过这个词，我也不是不可以说，因为……"

记者咬着嘴唇，停止了说话。

"……因为你从来没有读过我的书，不是吗？谢谢，年轻人，我想知道的就是这些。你是什么人，竟敢说这种废话？我会想出像'消化受难图'这样庸俗、造作的词来？像你这样的二流理论家才想得出来。不过，我感到有一种老年人所特有的轻松，我发现文坛并没有改变：胜利的还是而且永远是那些假装读过某某书的人。只是，在你们这个时代，你们再也用不着这样了：现在，有一些小册子可以让中等文化水平的初学者谈论大作家。你还误会了一点：我把没有读过我的书当作一种优点。我会极其赞赏那些甚至不知道我是谁，而且也不隐瞒这种无知就来向我提问题的记者。可是，除了这种脱水的牛奶冰激凌，而对我一无所知——'加一点水，你就能得到可以吃的牛奶冰激凌了'，还能想象得出比这更庸俗的事吗？"

"请理解我。今天是十五日，而您得了癌症的消息是十日公布的。您已经出版了二十二部小说，人们不可能在这么短的时间内读完它们，况且现在正处于一个剧烈动荡的时期，我们正密切关注着来自中东的所有消息。"

"海湾危机比我的小说更有趣，我同意你的观点。不过，你们与其花时间编写小册子概括我的小说，不如好好读我二十二本书中的一本，哪怕只读十页。"

"让我告诉您实话吧。"

"用不着，我已经明白了：你试了，但还没读到十页就放弃了，是吗？一见到你，我就猜出来了。人们读没读过我的书，我一眼就能看出来：看他们的脸就知道了。你看起来既不痛苦，也不愉快；既不胖，也不瘦，更不欣喜若狂：你显得很健康。你读我的书还没有昨天你的同事多呢！

"不过，这恰恰是我仍然对你有些好感的原因。你读了还不到十页就放弃，我就对你更有好感了：这表明你有一种我从来不曾拥有的性格力量。而且，你试图说实话——这是多余的，这为你赢得了荣誉。事实上，如果你读过我的书还像我现在所看到的这样，我会讨厌你的。不要再这么可笑地'假如''要是'了。如果我没记错的话，我们刚才是在谈我的消化问题。"

"是的。确切地说，是在谈焦糖。"

"好，我接下去说。我吃完午饭，便去吸烟室。这是一天中的一个高潮。我只允许别人早上来采访我，因为下午我吸烟要吸到五点钟。"

"为什么要吸到五点钟？"

"五点钟那个愚蠢的女护士就来了。她来替我洗澡，从头洗到脚，以为这样有用，这也是格拉沃兰的主意。一天洗一次，普通的澡，你明白吗？ Vanitas vanitatum sed omnia vanitas.① 于是，我竭尽所能进行报复，我尽量让自己出汗，让那个傻大姐感到不舒服。我吃饭时拼命吃大蒜，让自己血液循环加速，然后像土耳其人一样抽烟，一直抽到那个洗澡婆来到我家里。"

他露出一种卑鄙的笑。

"您不会说，您抽烟的唯一目的是想让那个可怜的女人喘不过气来吧？"

"这应该也是原因之一，而且光这个原因就足矣。不过，事实上，我抽烟是因为我喜欢抽烟。如果在那个时候我不选择抽烟，我就没有任何有益于健康的活动了——没错，我说的是活动，因为对我来说，抽烟是一件大事。抽烟时，我不允许任何人来打搅我，不允许自己分心。"

"这很有意思，塔施先生。但我们不要扯远了：您抽烟与您的消化过程没有关系。"

"你认为是这样吗？我可不那么肯定。不过，如果你对此不感兴趣……洗澡，你对我如何洗澡感兴趣吗？"

"不感兴趣，除非您在洗澡时吃香皂或喝沐浴液。"

"你能想象得到吗，那个坏女人把我脱得一丝不挂，搓

---

① 原文为拉丁文，意为"虚空的虚空，万事皆虚空"。

我的颈窝和腹部，冲洗我的屁股？我敢肯定，把一个脱得精光、脸上无毛、毫无抵抗能力的大胖子泡在水中，她会感到有趣。那些护士都是些纠缠人的鬼魂，所以她们才选择这个肮脏的职业。"

"塔施先生，我想我们又离题了……"

"我不这样认为。这一日常插曲是如此可恶，以至于我的消化都受到了影响。你明白吗？我孤孤单单，一丝不挂，像水里的一条虫，卑贱，显得格外肥胖，站在这个穿着衣服的女人面前。她每天都来脱我的衣服，脸上装出一副职业化的表情，其实她的短裤都湿了，如果这条母狗穿了短裤的话。当她回到医院时，我敢肯定，她会把这些细节原原本本地讲给她的伙伴们听——那都是一些坏女人，甚至可能……"

"塔施先生，请……"

"亲爱的，谁让你录音呢？如果你像个诚实的记者那样好好做记录，你就可以筛选我这个老人跟你说的这些恐怖的事情了。而用录音机，你就没法在珠宝和垃圾中做出选择了。"

"护士走了以后呢？"

"已经讲到护士走了以后？你干活很急嘛！护士走了以后，已经是下午六点了。那个坏女人给我穿了睡衣，就像人们给婴儿洗完澡，穿上短袖连衫短裤，然后给他喂奶一样。

那时，我觉得自己真像个婴儿，所以便玩了起来。"

"玩？玩什么？"

"随便玩什么都行。我坐在轮椅上滑来滑去，或东或西，我还玩短箭——你看你背后的墙上，你会看见墙上有破损。啊呀，开心极了，我把经典著作中写得不好的地方一页一页地撕掉。"

"是吗？"

"是的，我对它们进行删改。比如说《克莱芙王妃》①，那是一本出色的小说，但太长了。我想你可能没有读过。我给你一个经过我缩写的版本：一部杰作，文学精品。"

"塔施先生，如果三个世纪后，人们删去了您的作品中他们认为多余的地方，您会怎么想？"

"你在我的书中找出一页多余的东西看看。"

"拉法耶特夫人也会对您说同样的话。"

"你不能把我和那个单纯而轻率的少女相比。"

"可是，塔施先生，说到底……"

"你想知道我在偷偷地想什么吗？烧毁。把我的所有作品通通烧掉！你感到惊讶了，嗯？"

---

① 十七世纪法国作家拉法耶特夫人所作。

"好吧。在这之后呢？"

"天哪！你跟我的食物干上了！我一跟你谈别的事，你就回过头来跟我谈吃的。"

"绝对不是这样。但我们的话题是从吃开始的，所以应该把它谈完。"

"不是这样？年轻人，你让我失望了。既然不是这样，那我们就谈吃吧！我删改了经典作家的书，投掷了短箭，坐着轮椅滑了一通，好好地玩了一番，当这些有教育意义的活动使我忘记了可怕的洗澡之后，我便打开电视机，就像小孩在喝面包汤或吃字母面条之前要看一会儿少儿节目。这个时候，非常有趣。广告总是没完没了，尤其是食品广告。我想方设法使它们成为世界上最长的广告：有十六个欧洲频道，只要头脑灵活，不间断地看半小时广告并不是不可能。这是一出妙不可言的多语言歌剧：荷兰的洗发液、意大利的饼干、德国的洗衣粉、法国的黄油等等。如果节目一派胡言，我便关掉电视。这一百来个广告使我产生了食欲，于是我便开始吃东西。你满意了吗，嗯？当我假装又离题的时候，你应该看看你的脸。放心，你会得到独家新闻的。不过，我晚餐吃得很少，只吃一些冷餐，如熟肉酱、冻肥肉、熟猪油、沙丁鱼罐头中的油——我不怎么喜欢沙丁鱼，但它们有油味。我扔掉沙丁鱼，留下汁，我就这样直接喝。原汁原味，你尝过吗？"

"没有。请接着说。"

"你看起来脸色很不好，真的。我脸色不好的时候，我就喝我事先准备好的很油腻的浓汤：我把猪肉皮、猪脚、鸡屁股、胡萝卜、软骨头放在一起煮几个小时，然后加上一层猪油，扔掉胡萝卜，让汤冷上二十四个小时。事实上，我喜欢等汤冷了再喝，等油冻结，形成一层，喝了以后嘴唇亮光光的。不过，别担心，我不会浪费哪怕一丁点，别以为我会把美味的肉扔掉。经过长时间的煮沸，肉从油中得到了它在水中失去的东西。这是佳肴啊，鸡屁股的油黄黄的，又稠又厚，像海绵一样……你怎么啦？"

"我……我不知道，也许是幽闭恐惧症吧。我们能不能开一扇窗？"

"一月十五日开窗？做梦吧！外面的冷空气会把你冻死的。不，我知道你现在需要什么。"

"请允许我出去一会儿。"

"没问题，注意保暖。我会以我的方式给你准备一杯亚历山大酒，加上熔化的黄油。"

一听这话，记者苍白的脸马上就变青了。他跑出屋子，弯着腰，手捂着嘴。

塔施坐着轮椅飞快地滑到朝着马路的窗口，非常得意地欣赏那个倒霉蛋痛苦地跪在地上呕吐。这个大胖子欣喜若狂，活动着他肥大的下巴，嘀咕道："没有料，就别来跟普雷泰克斯塔·塔施较量。"

他躲在窗帘后面，他能兴奋地看到别人，而别人看不到他。他看到两个男人从对面的咖啡馆里跑出来，冲向他们的那个同事。那个记者已把肚子吐空了，躺在人行道上，录音机就在他旁边，没有关掉。这么说，它把他呕吐的声音也录下来了。

记者躺在酒吧的长凳上，终于恢复过来了。他恶狠狠地斜着眼睛，不时地重复道："别再吃了……再也不要吃了……"

人们递给他一杯温水，他疑心地看了好一会儿。同事们都想听录音带，但他打断了他们："别当着我的面听，求求你们了。"

人们打电话给这个倒霉蛋的老婆，他老婆开着车子把他接回去了。他离开之后，人们终于可以打开录音机了。作家的话引起了人们的厌恶、笑声和激动。

"这家伙是一个金矿。这就是我所谓的个性。"

"他卑鄙极了。"

"这个人至少是有思想的。"

"深刻的思想！"

"他有一种本领，能让对手哑口无言！"

"他太厉害了。至于我们的朋友，我就不多说了，他确实上当了。"

"我不想背后说人的坏话，可有什么必要问他关于食物的问题呢？我知道那个大胖子不会让人牵着鼻子走的。如果有机会与这样一个天才对话，千万不要跟他谈吃的。"

其实，记者们都窃喜自己没有第一个或第二个去采访那个作家。他们心里知道，如果他们处于那两个不幸者的位置，他们也会谈同样的话题，做同样的傻事，当然是被迫的。他们很高兴不用再去干这种卑鄙的工作了。人们把好角色留给了他们，他们会好好利用的，但这不妨碍他们对那两个不幸者的遭遇感到幸灾乐祸。

于是，在那个可怕的日子，大家想到即将爆发的战争都吓得发抖，而有一个肥胖、瘫痪、手无寸铁的老头成功地把一批新闻记者的注意力从海湾战争上转移开了。在那个大家都彻夜难眠的夜晚，甚至有个人空着肚子就躺下了，睡得精疲力竭，就像那些肝炎患者。他根本没有想到那些即将死去的人。

塔施深深地挖掘让人恶心的陌生源泉。脂肪就是他的凝固汽油弹，亚历山大酒就是他的化学武器。那天晚上，他像指挥大战役的统帅一样搓着双手。

"战争爆发了？"

"还没有，塔施先生。"

"它会爆发吧？"

"听您说话的口气，您好像希望它爆发。"

"我讨厌说话不算数。一群可笑的人答应说十五日午夜有一场战争。可现在已经是十六日了，什么也没有发生。糊弄谁呢？几千万电视观众都在等待啊！"

"您喜欢这场战争，塔施先生？"

"喜欢战争？真可怕！人怎么会喜欢战争呢？多么可笑而无聊的问题啊！你知道有谁喜欢战争吗？既然你谈到这里，为什么不问问我早餐是否吃凝固汽油弹？"

"关于您的饮食，我们已经谈过了。"

"啊，你们是不是互相监视？你让那两个不幸的家伙来干这种肮脏的活，自己却躲在一边幸灾乐祸，不是吗？干得很漂亮。也许你以为你比别人聪明，因为你问了我一些出色的问题，比如说：'你喜欢战争吗？'而我，我是一个天才的作家，全世界闻名，我获得过诺贝尔文学奖。这一切，难道都是为了让一个初出茅庐的小青年拿一些如此重复的问题来纠缠我？最笨的人的回答都会跟我一样！"

"好了，这么说，您不喜欢战争，但您希望它爆发？"

"在目前这种情况下，战争是必要的。所有那些愚蠢的军人都已蓄势待发，必须让他们有机会喷射出来，否则，他们会得疱疹的。他们会哭着回到他们的妈妈身边。让年轻人感到失望，这可不好。"

"您喜欢年轻人吗，塔施先生？"

"你有提问题的才能，你的问题出色而新颖！是的，你可以想象得到，我喜欢年轻人。"

"这我真没想到。以我对您的了解，我还以为您看不起年轻人呢！"

"'以我对您的了解'！你把自己当成什么人了？"

"总之，是了解您的名望……"

"我的名望？那是什么东西？"

"天哪……这很难说。"

"算了。我原谅你，就不坚持了。"

"这么说，您喜欢年轻人，是什么原因？"

"我喜欢年轻人，是因为他们拥有我没有的东西。所以，他们值得爱与赞美。"

"这个回答让人感动，塔施先生。"

"你要手帕吗？"

"内心产生高贵冲动的时候，您为什么要设法岔开话题？"

"我内心的高贵冲动？你是怎么想出这种蠢话的？"

"我很伤心，塔施先生，就是您让我想出这种蠢话的：您说的关于年轻人的话确实非常动人。"

"继续深入下去，你就知道这动人不动人了。"

"那就让我们深入下去吧！"

"我刚才说，我之所以喜欢年轻人，是因为他们具有我没有的东西。确实，年轻人漂亮、机灵、愚蠢、恶毒。"

"……"

"不是吗？用你的话来说，这是一个让人感动的回答。"

"我想，您是在开玩笑吧？"

"我看起来像开玩笑吗？再说，什么地方好笑？这些形容词哪个你能否认？"

"就算这些形容词用得都很恰当，您真的把自己置于他们的对立面吗？"

"怎么？你觉得我漂亮、机灵、愚蠢、恶毒？"

"您既不漂亮，也不机灵，更不愚蠢……"

"我对此一点也不担心。"

"但您很坏！"

"我很坏？"

"一点没错。"

"坏？你有毛病。我活了八十三岁，从来没有见过一个像我这样善良的人。我可爱极了，可爱得如果我见到自己，我都会吐出来。"

"您说的不是真的。"

"真得不能再真了。你只需给我找出一个不仅跟我一样（这是不可能的），而且和我一样可爱的人来。"

"嗯……随便哪个都是。"

"随便哪个？那就是你了，如果我没有理解错的话。可笑。"

"我或者随便哪个人。"

"别谈你不认识的随便哪个人。跟我谈谈你吧。你怎么敢声称跟我一样可爱？"

"因为事情是明摆着的。"

"哈，跟我想的一样，你没有任何证据。"

"行了，塔施先生，别胡说了，好吗？我已经听了前面两个记者对您的采访录音。尽管我对您只了解个大概，但我已经知道我在跟谁打交道了。您折磨了那两个不幸的人，这您能否认吗？"

"真是胡说八道！是他们折磨了我。"

"也许您现在还不知道，他们两个人从您这里回去以后，便像狗一样病倒了。"

"Post hoc, ergo propter hoc①，不是吗？年轻人，你建立的这种因果关系太奇特了。第一个记者病倒是因为喝了太多的酒。我希望你不会说是我让他喝酒的吧？第二个记者弄得我很烦，我勉强跟他讲述了我的饮食情况。如果他忍受不了我说的情景，那不是我的错，对吗？我还想补充一句，这两个人对我十分傲慢。啊，我忍气吞声，就像祭坛上的羊羔一样温驯。可他们一定因此吃了苦头。你看，我们总是回到福音书上：基督说得好，坏人和仇视别人的人首先只能损害自己。你的同事们所遭受的痛苦就由此而来。"

"塔施先生，我想请您坦诚地回答这个问题：您是不是把我当成了一个傻瓜？"

"当然。"

"谢谢您的坦诚。"

"别谢我，我不会撒谎。而且，我不明白你为什么要问

---

① 原文为拉丁文，意为"颠倒了前后关系、因果关系"。

我这个你已经知道答案的问题。你很年轻，我不对你隐瞒我对年轻人的看法。"

"可是，您不觉得您有点不分青红皂白吗？不能把年轻人都混为一谈。"

"我同意你的说法。有的年轻人既不漂亮，也不机灵。比如说你，我不知道你是不是机灵，但你显然不漂亮。"

"谢谢您。恶毒和愚蠢，每个年轻人都这样吗？"

"我只知道有一个人除外，那就是我。"

"您二十岁时是什么样子？"

"像现在一样。那时我还能走，否则，我就不知道我变成什么样了。那时我就没有胡须，肥胖，神秘，富有才华，十分可爱，很丑，聪明得不得了，孤独。那时我已经喜欢吃和抽烟了。"

"总之，您没有过年轻的时候，是吗？"

"我喜欢听你讲话，你说的都是陈词滥调。我同意说：'是的，我没有过年轻的时候。'但条件是，我跟你说清楚，在你的文章中，所写的句子都是你自己的。否则，人们会认为普雷泰克斯塔·塔施使用的是车站小说的语言。"

"我一定记住。现在，如果您觉得没有什么不适的话，请您给我说说，您在什么情况下感觉良好，并举例说明，如果可能的话。"

"我喜欢这句'如果可能的话'。这么说,你还不相信我的善良?"

"'相信'这个动词不恰当。我们不如说'设想'。"

"你看出来了。好吧,年轻人,那就设想一下我的生活:一个八十三岁的受害者的生活。相比起来,基督的牺牲又算得了什么呢?我对自己的热情延续了五十多年。不久以后,我就会获得一种特殊的荣誉,它将更加引人注目,更加长久,更加杰出,甚至更加痛苦——临死之前,我的肉体上将光荣地出现软骨癌的痕迹。我十分敬重上帝,但凭借他的善良,他不会死于软骨癌。"

"那又怎么样?"

"就这样,还能怎么样?死在十字架上(这像下雨一样平常)和死于一种极其罕见的癌症,你觉得一样吗?"

"死,都不过是死。"

"天哪!你是否意识到你刚录下的东西非常愚蠢?你的同事们会听到的!我可怜的朋友,我可不愿处于你的位置。'死,都不过是死!'我可爱得允许你洗去它。"

"不必了,塔施先生。我确实是这样想的。"

"你知道吗?我开始觉得你有趣了。如此缺乏分辨力真令人难以相信。你应该被主编贬到'市井新闻'部去，去写诸如'那里有一只狗被轧死了'的新闻。你应该学会狗语，问问那些垂死的可怜的畜生，它们是不是愿意死于一种罕见的病。"

"塔施先生，您跟别人说话的时候能不能不骂人？"

"我从来不骂人，先生，我在做判断。说实话，我觉得你从来没有读过我的书，对吗？"

"不对。"

"不对？这不可能。从你的言谈举止来看，你确实不像是读过塔施作品的人。你在骗人。"

"这完全是事实。我只读过您的一本小说，但我读得很认真，读了又读，它给我的印象很深。"

"你一定把它跟另一本书搞混了。"

"我怎么能把一本《两场战争间的无故强暴》这样的书与别的书搞混呢？相信我，这本书深深地震撼了我。"

"震撼？震撼！好像我写作是为了让人震撼似的！如果你没有一目十行地读这本书——你很可能就是一目十行，先生，如果你认真读过这本书，你会把你的五脏六腑（如果你有五脏六腑）都吐出来。"

"在您的著作中，确实有一种呕吐美学……"

"呕吐美学！你简直要让我哭出来！"

　　"好了，让我们言归正传吧！我肯定从来没有读到过这样恶毒的书。"

　　"一点没错。你想证明我的善良，这就是一个证明，明显的证明。塞利纳①明白这一点，他曾在作品的前言中说，他对诽谤他的人极为和蔼，极为温柔，这样才能写出他那些最恶毒的书来。这就是真正的爱。"

　　"这有点过了，不是吗？"

　　"塞利纳有点过了？你最好洗掉这句话。"

　　"不过，说真的，关于那个聋哑女人的描写恶毒得让人受不了，您好像是在巨大的快乐中写出来的。"

　　"确实是这样。帮助诽谤者太快乐了，那种快乐你无法想象。"

　　"啊，这样的话，那就不可爱了，塔施先生。这就像受虐狂和妄想狂一样卑鄙。"

　　"嘿，嘿，嘿！别使用你不懂的词。善良点，年轻人！照你看，什么书是完全出于善良写成的？《汤姆叔叔的小屋》还是《悲惨世界》？当然不是。那些书，是为了在沙龙里受到欢迎才写的。不，请相信我，完全出于善良而写出来的书

———————————————
① 塞利纳（1894—1961），法国作家，代表作为《茫茫黑夜漫游》。

是极少极少的。那些作品是在卑鄙与孤独中写出来的，写的时候心里非常清楚，书出版之后，自己会更加孤独，更加卑鄙。这很正常。善良的主要特征是，别人不知道，难以知道，看不见，难以察觉。因为说出自己名字的行善者绝不会是无私的。你看得很清楚，我很善良。"

"您刚刚说的话有点矛盾。您先是对我解释说，真正的善良是躲藏起来的，然后又大声说您很善良。"

"只要我愿意，我就可以善良，因为无论如何，别人都不相信我。"

记者大笑起来。

"您的论据非常有趣，塔施先生。这么说，您把自己的一生都献给了创作，是出于善良？"

"我出于善良所做的还有其他不少事情。"

"比如说？"

"说来话长。独身、贪食等等。"

"给我解释解释。"

"我当然会解释。善良永远不会是我唯一的动机。比如独身：请注意，我对性毫无兴趣，但我仍然可以结婚，这不是可以得到蔑视老婆的快乐吗？我没有这样做，这就是我的善良之处。我不会结婚，免得给人造成不幸。"

"就算是吧。贪食呢？"

"这也是明摆着的：我是肥胖之王。当我死的时候，我会把人类多余的重量都背到自己肩上。"

"您的意思是说，在象征意义上……"

"小心！永远不要当着我的面说出'象征'这个词，除非涉及化学问题。这是为了你好。"

"我又笨又蠢，真的很抱歉，但我确实不懂。"

"问题不大，不懂的并不是你一个人。"

"您不能向我解释一下吗？"

"我不愿浪费时间。"

"塔施先生，就算我又笨又蠢，您就不能想象一下，除了我，以后会有人读到这篇文章，一个聪明而开放的读者，他就不配明白吗？您最后的回答不会使他失望吗？"

"就算有这样的读者，假如他真的聪明而开放，他将不需要解释。"

"我不同意。即使是一个聪明的读者，当他面临陌生的新思想时，他也需要解释。"

"你知道什么？你从来没有聪明过。"

"没错，但我只想试着想象一下。"

"可怜的小伙子。"

"好了，证明一下您尽人皆知的善良吧，向我解释解释。"

"你想要我告诉你？真正聪明而开放的人不会要求这种解释。只有平庸者才想让人解释，包括解释不能解释的东西。我为什么要向你解释傻瓜不明白、聪明者不想得到解释的东西呢？"

"如果我没理解错的话，我已经又丑、又笨、又蠢，现在又得加上平庸？"

"什么都瞒不了你。"

"我是不是可以说，塔施先生，这不是您向人表示同情的方式？"

"同情？我缺的就是同情心。再说，你是什么人，竟敢在我光荣地去世之前不足两个月的时候来教训我？你以为自己是什么人？你一开头就说'我是不是可以说'，你不能说！好了，出去，我讨厌你。"

"……"

"你聋了？"

记者尴尬地回到了对面咖啡馆里他的同事们当中，不知道自己是不是赚了便宜。

同事们听着录音带，一言不发，但他们那种居高临下的微笑，显然不是针对塔施的。

"那家伙是个人物，"刚出来的那个倒霉蛋说，"你们要明白！谁也不知道他是怎样反驳的。有时，我们以为他能听取任何意见，没有什么话会让他发火，有些无礼的问题甚至会使他感到有趣。可是，他会因一点点小事突然发起火来。如果你合情合理地稍微批评他一下，那你就倒霉了，他会把你赶出来。"

"天才是不能容忍批评的。"一位同事反驳说，他一脸高傲的样子，好像他就是塔施本人。

"那我就得让他骂？"

"最好是不要惹他骂。"

"难！我们只能惹他骂。"

"可怜的塔施！可怜的被流放的巨人！"

"可怜的塔施！这太过分了。应该说'可怜的我们'！"

"难道你不明白我们惹他生气了吗？"

"明白，我能明白这一点。可是，这个职业总得有人干吧？"

"为什么？"那个吃里爬外的家伙问，他以为受到了启发。

"那你为什么选择当记者，像丧家狗一样？"

"因为我不能成为普雷泰克斯塔·塔施。"

　　"你愿意当一个大腹便便、有写作癖的太监吗？"

　　是的，他愿意，而且，这样想的还不止他一个人。人就是派这个用场的，就像圣人随时准备在呼唤永恒幻觉的祭坛上牺牲他们的青春、爱情、友谊、幸福，以及更多的东西一样。

　　"哎，战争爆发了？"

　　"嗯……是的，是这样。第一批导弹已经发射了。"

　　"很好。"

　　"什么？"

　　"我不喜欢看到年轻人无所事事。这么说，在一月十七日，小伙子们终于可以开始开开心了？"

　　"如果您要这么说的话，我也没办法。"

　　"怎么，你不喜欢这样？"

　　"说实话，我不喜欢。"

　　"也许你觉得继续用录音机来纠缠一个肥胖的老人更有趣一些。"

　　"纠缠？可我们并没有纠缠您，是您自己允许我们来的。"

　　"从来没有！又是格拉沃兰搞的鬼，这条狗！"

　　"好了，塔施先生，您完全可以对您的秘书说不，那是一个忠诚的人，尊重您的所有意志。"

"胡说。他折磨我，他从来不征求我的意见。比如说那个护士，就是他搞的鬼！"

"好了，塔施先生，冷静点。让我们言归正传吧。如何解释您异乎寻常的成功……"

"来杯亚历山大酒吗？"

"不，谢谢。我刚才说，您异乎寻常的成功……"

"等等，我要一杯。"（停下来调酒。）

"刚刚爆发的这场战争使我非常想喝亚历山大酒。那是一种多么庄严的饮料啊！"

"好了。塔施先生，如何解释您的著作在全世界范围内取得了异乎寻常的成功？"

"我不解释。"

"您完全应该好好想想，想想怎么回答。"

"不。"

"不？您的作品卖了几百万册，甚至卖到了中国，您还不好好想想？"

"兵工厂每天在全世界卖几千枚导弹，他们也没有好好想想。"

"这是两码事。"

　　"你这样以为？可它们之间具有惊人的相似之处。人们谈论军火贩卖，也应该说说'文学贩卖'。这个论据很有力：大家都使用自己的作家或作家们，就像使用大炮一样。或迟或早，人们也会使用我，会像擦大炮一样擦亮我的诺贝尔奖。"

　　"如果您这样理解的话，那我同意。但谢天谢地，文学没那么有害。"

　　"我的文学可不是这样。我的文学比战争还有害。"

　　"您是不是在恭维自己？"

　　"我完全应该这样做，因为我是唯一能读懂我的作品的人。是的，我的书比战争更有害，因为它让人感到痛苦，而战争呢，它使人想活着。读了我的作品以后，大家都想自杀。"

　　"但他们并没有自杀，这又怎么理解？"

　　"这嘛，非常容易解释：因为谁也没有读过我的作品。事实上，也许正因为如此，我的作品取得了异乎寻常的成功：假如说我著名，亲爱的先生，那是因为谁也没有读过我的作品。"

　　"这自相矛盾！"

　　"恰恰相反：假如那些可怜的人读过我的作品，他们会厌恶我，报复我浪费了他们的精力，会把我打入冷宫；所以，他们没有读我的书，便觉得我让人宽慰，给人好感，应该得到成功。"

"这是一条异乎寻常的理由。"

"但无可否认。这样吧，让我们以荷马为例，再没有比他更出名的人了。然而，真正读过《伊利亚特》，真正读过《奥德赛》的人，你认识多少？就那么一小撮秃顶的哲学家——因为你毕竟不能把那些为数不多、睡意蒙眬的中学生也叫作荷马的读者吧？他们坐在学校的长凳上，嘴里结结巴巴地念荷马，心里却只想着'流行尖端'①或艾滋病。就因为这个绝妙的理由，荷马才成为大家引用的对象。"

"就算这是个理由，您觉得这是个绝妙的理由，而不是一个让人伤心的理由吗？"

"这是一个绝妙的理由，我坚持这样认为。对于像我这样一个真正的、纯洁的、伟大的、天才的作家，知道谁也不读我的书，谁也不用平庸的目光玷污我在内心和孤独中创作的美，这不是很让人宽慰吗？"

"要避开这种平庸的目光，不出版您的书，这不是更简单吗？"

"太简单了。不过，要知道，最高明的，是卖掉几百万册书，而又没有人读。"

---

① 英国的一支乐队。

"而且您还赚了钱。"

"一点没错。我很喜欢钱。"

"您喜欢钱？"

"是的。钱让人高兴。我从来不觉得钱有什么用，但我很喜欢看它。五法郎的硬币，看起来就像朵雏菊。"

"我从来没想到做这种比较。"

"很正常。您没有得到诺贝尔奖。"

"那么，诺贝尔奖是不是有违您的理论呢？至少评奖委员会的成员读过您的作品，您不这样认为吗？"

"肯定没读。但是，如果他们真的读过，请相信，这也根本改变不了我的理论。有那么多人矫揉造作，没有读也当读了。就像那些青蛙人，他们穿过我的书，身上却连一滴水也没有。"

"是的，这一点您跟前面那位记者已经谈过。"

"那些青蛙一样的读者，他们占了人类的大多数，但我很迟才发现他们的存在。我太天真了，以为大家的阅读都跟我一样呢！我读书就像我吃东西：这不仅仅意味着我有需要，更意味着这是我的组成部分，并能改变我。吃猪血香肠和吃鱼子酱的人是不一样的，读康德（千万不要让我读）和读格诺 ①

---

① 雷蒙·格诺（1903—1976），法国大众诗人，喜以俚语、俗语入诗。

的人也是不一样的。我说的'人',指的是'我和其他某些人',因为在同样的情况下,大多数人读过普鲁斯特或西默农的书,没有失去一点,也没有多出一点。他们读过了,仅此而已,他们最多知道了'讲的是什么'。别以为我是在夸张。好多次我问一些聪明人:'这本书有没有改变您?'人们看着我,眼睛睁得老大,好像在说:'为什么您想让它改变我?'"

"请允许我的惊奇,塔施先生。从您刚才说的话来看,您像是在捍卫那些有思想倾向的书,这可不太像您。"

"你不是太聪明,是吧?你是觉得那些'有思想倾向'的书能改变人?那些书最不能改变人。引人注目、使人改变的是别的书,是关于欲望、快乐、天才,尤其是美的书。好吧,让我们以一部关于美的巨著——《茫茫黑夜漫游》为例。读了以后怎么能不变成另外一个人呢?是的,大多数人不费吹灰之力就读完了。读完后,他们对你说:'啊,是的,塞利纳,很出色。'然后又谈别的事去了。当然,塞利纳是个极端的例子,但我也可以再举些例子。读了一本书后,人们绝不会一点不变,哪怕那本书普通得像莱奥·马莱①的作品。莱奥·马莱的作品会改变你,读完莱奥·马莱的作品后,人们不会再像以

---

① 莱奥·马莱(1909—1996),法国通俗小说作家。

前那样去看穿雨衣的女孩了。这非常重要！改变目光：是的，
这就是我们伟大的著作。"

"读完一本书后，您不觉得每个人不管是有意还是无意
都会改变目光吗？"

"啊，不，只有读者中的精华能够这样。别的人仍然像以
前那样平庸地看问题。而且，这跟读者有关，他们本身就是
极罕见的人。大部分人不读书。关于这一点，有一句绝妙的
名言，是一个知识分子说的，我忘了他的姓名。他是这样说
的：'事实上，人们并不读书；假如他们读书，他们并不理解；
假如他们理解，他们也会很快忘记。'这段话绝妙地对这种
情况做了概括。你不认为是这样吗？"

"这么说，当作家是一个悲剧。"

"假如世界上存在悲剧，它显然不是从这儿产生的。作
品没有人读，这是件好事。那就可以想怎么写就怎么写了。"

"不过，说到底，开始的时候，总有人读您的作品，否
则您就不会成名了。"

"开始的时候也许是这样，但仅仅是开始的时候。"

"我回到开头的问题：您为什么会取得异乎寻常的成功？
您在开始的时候是怎么满足读者的期待的？"

"我不知道。那是三十年代的事了。那时没有电视，人

们总得找点事干。"

"是这样，但为什么是您成功而不是别的作家呢？"

"事实上，我的巨大成功开始于战后。说来很有趣，因为我并没有参与那场笑话：我已经有点手脚不灵了——后来，战争开始的十年前，人们改造了我，使我发胖了。一九四五年，赎罪开始了：不管是清楚还是糊涂，人们都感到有必要自责。这时，他们碰巧看到了我的小说。这些小说像骂人一样大声吼叫，充满了肮脏的东西。他们觉得这也许是对他们坏事做绝的一种惩罚。"

"是这样吗？"

"可能是这样，也可能不是这样。可是在这里，vox populi, vox dei①。后来，人们很快就不读我的书了，像塞利纳那样——塞利纳也许是读者最少的作家之一。不同的是，人们不读我的书是有理由的，而不读他的书是没有理由的。"

"关于塞利纳您谈了很多。"

"我喜欢文学。这使你感到惊奇吗？"

"我想，您会删改他的作品的。"

"不，是他在不停地删改我的作品。"

---

① 原文为拉丁文，意为"人民的声音，就是上帝的声音"。

"你们见过面吗？"

"没有，但我做了比见面更有意义的事情：我读了他的书。"

"他呢？他读过您的书吗？"

"当然读过。我读他的书时经常能感觉得到。"

"塞利纳受了您的影响？"

"我受他的影响更多，但尽管如此，他还是受了我的影响。"

"还有什么人受了您的影响？"

"没了。因为，你知道，别的人都没有读过我的书。最后，多亏塞利纳，终于有一个人读了我的书。真正读了。"

"您看，您喜欢别人读您的书。"

"只喜欢他，只喜欢他读。别的人，我不在乎。"

"您遇到过别的作家吗？"

"没有，我没有遇到过任何人，也没有任何人来看我。我认识的人很少：格拉沃兰，当然啦，还有卖肉的、乳品商、杂货商和烟草商。我想，就这些了。啊，是的，还有那个该死的女护士，还有报贩。我不喜欢见人。我之所以深居简出，不仅因为喜欢孤独，更因为仇恨人类。你可以在你的报纸上把我写成一个丑陋的愤世嫉俗的人。"

"您为什么愤世嫉俗？"

"我想你一定没有读过《卑鄙者》？"

"没有。"

"难怪。假如读过那本书，你就明白了。有千百条理由讨厌人类，但对我来说，最重要的，是他们虚伪，那绝对是不可救药的。而且，这种虚伪从来没有像今天这样受到过尊敬。你想想，我经历了好几个时代，而且我可以明确告诉你，我从来没有像讨厌这个时代一样讨厌别的时代。这是最虚伪的时代。虚伪，比不忠、伪善和阴险要坏得多。虚伪，首先是欺骗自己，不一定是意识问题，而是令人作呕的自我满足，使用像'廉耻''尊严'这样漂亮的字眼；然后是欺骗别人，但不是诚实或恶毒的欺骗，不是为了骂人，不，而是假惺惺的、轻率的谎言，微笑着对你破口大骂，好像这样一定会使你高兴似的。"

"能举个例子吗？"

"那就说说妇女的现状吧。"

"怎么，您是女权主义者？"

"女权主义者？我？与恨男人相比我更恨女人。"

"为什么？"

"理由很多。首先是因为她们很丑：你见过比女人更丑的人吗？你渴望女人的乳房和臀部吗？我还要不要说下去？
而且，我恨女人就像我恨所有那些受害者一样。那些受害者，
是一个很低劣的种族。假如人们能彻底消灭那个种族，世界
也许就能太平了，而受害者最终也能得到他们所渴望的东西，
也就是牺牲了。女人是格外有害的受害者，因为她们首先是
自己的受害者，是别的女人的受害者。如果你想了解人类最
卑劣的感情，就去看看女人对其他女人的感情：面对那么多
虚伪、嫉妒、恶毒和卑鄙的东西，难道你不会恐惧得发抖吗？
你从来看不到两个女人拳来脚往，好好地打架，甚至看不到
她们互相大骂一番。对她们来说，取胜靠的是小动作，是脏话，
这比直接破口大骂要坏得多。你会对我说这并不新鲜，自亚当
夏娃以来女性世界就这样了。但我是说，女性的命运从来没
有这样糟糕过——这是她们自己的错。我们都这样认为，但
这有什么用呢？女性的状况成了最令人恶心的虚伪舞台剧。"

"您总是什么都不加解释。"

"以她们以前的地位为例吧：女人比男人低贱，这很清
楚——只要看看她们有多丑就够了。过去，大家都不虚伪：她
们比男人低贱，人们并不向她们隐瞒这一点，该怎样对待她
们就怎样对待她们。今天，事情变得很恶心：女人还是比男
人低贱——她们还是那样丑，但人们告诉她们男女是平等的。

由于她们很蠢，她们当然就信以为真了。然而，人们一直把
她们看作低贱的人：工资只是小小的表现之一。在所有的领
域里，女人都是落后分子，从魅力上开始——这一点也不奇怪，
因为她们很丑，一点头脑都没有，而且一有机会就流露出让
人讨厌的恼怒。让我们来欣赏欣赏她们的虚伪吧：让一个又丑、
又笨、又坏、毫无魅力的女奴相信，她跟她的主人具有同样
的机会，而事实上，她只有四分之一的机会。我觉得这很让
人厌恶。假如我是女人，我会感到恶心的。"

"您认为人们可以不同意您的观点吧？"

"'认为'这个动词用得不对。我不是认为，我是感到愤慨。
你凭什么虚伪地反驳我？"

"首先，凭我的鉴赏力。我并不觉得女人很丑。"

"我可怜的朋友，您臭不可闻，跟厕所里的味道一样。"

"乳房，不是很美吗？"

"你不知道自己在说些什么。在杂志的油光纸上，女人
那些隆起的疙瘩已经让人难以接受了。而真正的乳房，女
人们不敢展示出来的乳房，大部分女人的乳房，该是怎样的
呢？呸！"

"这是您的审美观，我们不敢苟同。"

"是的，人们甚至可以认为肉铺里卖的猪血香肠也很美。

怎么认为都可以。"

"这是两码事。"

"女人，就是一些脏肉。有时，人们把一个奇丑的女人形容为猪血香肠。事实上，所有的女人都是猪血香肠。"

"请允许我问问您，您自己是什么？"

"一团猪油。你看不出来吗？"

"反过来，您觉得男人很美？"

"我没有这样说。男人的身体没女人的身体那么可怕，但也不美。"

"那就是说谁都不美？"

"不，有的孩子很美。可惜，这持续不了多久。"

"您觉得童年是美好的？"

"你知道你刚才说了些什么吗？'童年是美好的。'"

"这是共同的，大家都一样。不是吗？"

"当然是这样。畜生！可是，这有必要说出来吗？大家都知道。"

"事实上，塔施先生，您是一个悲观的人。"

"你真这样认为？休息休息吧，年轻人，你太聪明了，所以累得要死。"

"是什么东西使您失望了？"

　　"一切。让人讨厌的倒不是这个世界，而是这种生活。现代的虚伪就是说反话。你听到大家都像羊一样叫道：'生活是美美美美美丽的！我们热爱生活！'听到这种蠢话，我简直要跳起来。"

　　"这种蠢话也许是发自内心的。"

　　"我也这样认为，但这样只能更糟。这证明虚伪是有效的，人们喜欢废话，所以他们过着可怕的生活，干着可怕的工作，与可怕的人生活在可怕的地方。他们卑鄙得甚至把这种生活也叫作幸福。"

　　"不过，如果他们觉得这样也幸福，那也没什么不好。"

　　"没什么不好，正如你说的那样。"

　　"您呢，塔施先生，您的幸福是什么？"

　　"没幸福。我很宁静，已经很宁静了——我终于得到宁静了。"

　　"您从来没有幸福过吗？"

　　沉默。

　　"我该理解为您曾有过幸福呢，还是根本就不曾有过幸福呢？"

　　"闭嘴，让我想想。没有，我从来没有幸福过。"

　　"这太可怕了。"

"要手帕吗？"

"您甚至在童年时期也这样吗？"

"我没有童年时期。"

"这是什么意思？"

"我说得已经很清楚了。"

"您肯定有过小时候。"

"小时候，是的，我有，但我没有童年时期。我一长大就是塔施先生了。"

"对您的童年时期，人们确实一无所知。您的传记总是从您的成年时期开始的。"

"很正常，因为我没有童年时期。"

"但您应该有父母。"

"年轻人，你的直觉很灵嘛！"

"他们是干什么的？"

"什么都不干。"

"怎么会？"

"他们吃利息。我的家族很久以前很有钱。"

"他们还有像您这样的后代吗？"

"你是税务局派来的？"

"不，我只是想知道……"

"多管闲事。"

"塔施先生，当记者就是要多管闲事。"

"改行吧。"

"不可能。我喜欢这个职业。"

"可怜的孩子。"

"我换种方式问吧：请告诉我您一生中最幸福的时期。"

沉默。

"我得再换一种方式提这个问题吗？"

"你是不是把我当傻瓜了？你玩什么把戏？'美丽的侯爵夫人，您美丽的眼睛让我神魂颠倒……'是这样吗？"

"请您冷静，我只是在做我的本职工作。"

"我也是在做我的本职工作。"

"对您来说，作家这个职业就是不回答别人的问题？"

"是这样。"

"萨特呢？"

"什么？萨特？"

"那不是一个回答问题的作家吗？"

"那又怎么样？"

"这驳斥了您说的话。"

"完全不是那么一回事。恰恰相反，这肯定了我的话。"

"您是说萨特不是个作家？"

"你不知道吗？"

"可是，不管怎么样，他写得非常好。"

"有的记者也写得非常好。但对一个作家来说，光文笔好是不够的。"

"不够？那还需要什么？"

"需要很多东西。首先，必须要有睾丸。我所说的睾丸与性别无关。有证据显示，有的女人也有睾丸。当然，这种人很少，但是有。我想起了帕特里夏·海史密斯。"

"太让人吃惊了，像您这样的大作家，竟然喜欢帕特里夏·海史密斯的作品。"

"为什么不呢？这一点也用不着大惊小怪。那个人像我一样，暗地里恨人，尤其恨女人。她写作似乎不是为了在沙龙里受到欢迎。"

"难道萨特写作就是为了在沙龙里受到欢迎吗？"

"当然！我从来没见过那位先生，但我只要读他的作品，就可以知道他是多么喜欢沙龙。"

"很难让人相信，他是左派。"

"那又怎么样？你以为左派不喜欢沙龙？恰恰相反，我认为他们比任何人都喜欢沙龙。而且，这很正常：如果我一辈子都当工人，我做梦都想出入沙龙。"

"您把事情想得太简单了。并不是所有的左派都是工人，有的左派出身名门。"

"真的？那这些人太不应该了。"

"塔施先生，您是新加入的反共分子？"

"记者先生，你是早泄者？"

"这是两码事。"

"我很赞成这种观点。好了，还是让我们回到睾丸这个话题上来吧。睾丸是作家身上最重要的器官。没有睾丸，作家的笔就会被虚伪所利用。让我们举个例子吧。找一个文笔很好的作家，让他随便写些什么：如果他睾丸结实，就能写出《死刑缓期执行》①；如果他没有睾丸，就会写出《恶心》②。"

"您不觉得这太简单化了吗？"

"记者先生，是你对我说这话吗？我善良无比，想努力降到你的水平。"

"没人要求您这样做，我只要求您就您所谓的睾丸下个清楚而准确的定义。"

"为什么？你不会对我说你想就这个题材写一本普及手

---

① 塞利纳的作品。
② 萨特的作品。

册吧？"

"不，我只是想跟您进行稍微清楚一点的交流。"

"啊呀，这正是我所害怕的。"

"好了，塔施先生，让我快点完成任务吧，就一次。"

"年轻人，你要知道，我讨厌简单化。所以，如果你要我本人先简单化，没门。"

"可我并没有要您本人简单化。天哪，我只要求您就您所谓的睾丸做一点点解释。"

"好啦，好啦，别哭了。可是，你们这些记者还有些什么本领？你们都太脆弱了。"

"我在听呢！"

"好吧，睾丸是个人对虚伪环境的抵抗力。很有科学色彩，不是吗？"

"请继续。"

"可以这样对你说，几乎没有人有这种抵抗力。至于文笔既好又有睾丸的人，那是凤毛麟角。这就是世界上作家那么少的原因。况且，当作家还需要别的东西。"

"什么东西？"

"还要有阴茎。"

"有了睾丸，还要有阴茎，很合乎逻辑。您能给阴茎下个定义吗？"

"阴茎，就是创造力。真正有创造力的人非常罕见。大部分人只满足于耍小聪明，抄袭前人，而那些前人又往往抄袭他们的前人。文笔好，有阴茎但没有睾丸的人也不是没有，比如说维克多·雨果。"

"您呢？"

"我看起来也许像个太监，但我有很大的阴茎。"

"塞利纳呢？"

"啊，塞利纳什么都有：天才的文笔、巨大的睾丸、巨大的阴茎，还有其他。"

"其他？还需要其他？需要肛门？"

"才不是！读者才需要肛门来接受东西呢，作家可不需要。不，作家需要的，是嘴唇。"

"我斗胆问您，那是什么样的嘴唇？"

"天哪，你真讨厌！我跟你说的是用来闭嘴的嘴唇，明白吗？卑鄙的家伙！"

"好吧。您能给嘴唇下个定义吗？"

"嘴唇有两个作用。第一个作用是，它让说出来的话变得富有感情。你能想象一下没有嘴唇讲出来的话是什么样子的吗？那一定非常冷漠，干巴巴的，没有细微的感情区别，就像法庭执达员说的话。而第二个作用重要得多：嘴唇是用来制止不该说的话的。手也有手的嘴唇，用来制止书写不该写的东西。这是万万不可少的。文笔好、有睾丸、有阴茎的作家，如果说了他们不该说的话，作品也会失败。"

"这些话从您的嘴里说出来，真让我感到吃惊：自己查禁自己，这不是您的风格。"

"谁跟你说自己查禁自己？不能说的话不一定是脏话，恰恰相反，永远要把自己心中的脏话说出来：这是干净的、快乐的、令人振奋的。不，不能说出来的是另一种话——你别指望我会向你解释，因为这恰恰是不能说的话。"

"我白费劲了。"

"刚才我不是告诉过你，我的职业就是不回答问题吗？改行吧，老朋友。"

"不回答问题，这也是嘴唇的一个作用，是吗？"

"不仅仅是嘴唇，睾丸也是。回答某些问题需要睾丸。"

"文笔、睾丸、阴茎、嘴唇，就这些了？"

"不，还需要耳朵和手。"

"耳朵，用来听吗？"

"用来听自己说的话。你很聪明，年轻人。事实上，耳朵是嘴唇的音箱，是内心的喇叭。福楼拜的喇叭很多情，但你真的以为我们能相信他吗？他知道，大声说话是没用的：话是自己大声说出来的，人只需倾听自己内心的声音。"

"手呢？"

"手，是用来取乐的。这太重要了。一个作家，如果他感到没有乐趣，他应该马上停下来。没有乐趣的写作是不道德的。写作本身已带有所有不道德的萌芽。作家写作的唯一理由，就是感到快乐。作家不快乐，就像一个流氓强奸少女而不感到快乐、为强奸而强奸、为了免费作恶而强奸一样卑鄙。"

"这是两码事。作品并没有那么有害。"

"你不知道自己在说些什么。当然，你没读过我的书，自然就不能明白。写作就是到处搞破坏：你想想，得砍掉树来做纸，得找地方来放书，印书要花钱，读者买书要花钱，那些可怜的人读书时会感到厌烦，买了书但没有勇气读的悲惨者的情绪会多么恶劣，读了但读不懂的可爱的傻瓜会多么伤心，最后，尤其要想想某些人读过或没读过书之后大言不惭地交谈。我不说下去了！所以，别跟我说写作是无害的。"

"但是，您毕竟不能百分之百地否认，可能会有一两个读者真正读懂了您的书，哪怕是断断续续。这些读者的默契不足以把写作变成一种有益的行为吗？"

"荒谬！我不知道那种人是不是存在，如果存在的话，对我的作品危害最大的，就是他们。你以为我嘴里讲的是什么？你以为我是在讲人类的善良和生活的幸福吗？你怎么知道读懂我会使人幸福？恰恰相反！"

"理解，哪怕是在失望中的理解，也让人高兴，不是吗？"

"如果你知道你和你的邻居一样失望，你会觉得高兴吗？我觉得这更让人伤心。"

"既然如此，您为什么写作？为什么寻求交流？"

"等等，不要弄混了：写作，不是为了寻求交流。你问我为什么写作，我严肃而清楚地回答你：为了取乐。换句话说，假如在写作中没有乐趣，那就完全应该停下来。写作使我高兴：一句话，使我高兴得要死。别问我为什么，我不知道。而且，所有解释快乐的理论都一条比一条没有说服力。一个十分严肃的人曾对我说，人之所以在做爱时感到快乐，那是因为他在创造生命。你明白吗？好像创造像生命这样可悲而丑恶的东西也能得到快乐似的！还有，据说女人服了避孕药以后就再也感觉不到乐趣了，因为她不能再创造生命。那家伙竟相信他的这套理论！总之，别要我解释写作为什么会有乐趣：这是事实。就这样。"

"手在写作中有什么用？"

"手在写作中是快乐的所在。它并不孤独。写作也使肚子、性器官、额头和下巴感到快乐，但最大的快乐在写作的手中。这是一件很难解释的事情：当手创造了它需要创造的东西的时候，它会快乐地发抖，成了一个充满才气的器官。写作的时候，我多次产生这种奇怪的感觉：是我的手在指挥，它在独自滑行而不需要征求大脑的意见。啊，我知道任何擅长分析的人都不会承认这样的事情，然而，这却是人们经常感觉到的。于是，手感觉到一种巨大的快乐，这种快乐也许能与骏马奔腾、囚犯逃出监狱的那种快乐相比。再说，这种事实是不可否认的：写作和手淫，用的是同样的工具——手，这难道不让人感到心慌意乱吗？"

"缝纽扣和挖鼻孔，用的也是手。"

"你真粗俗！而且，这能说明什么？凡俗的使用并不是高尚的使用的对立面。"

"手淫是高尚的使用吗？"

"当然！普通和平凡的手竟能做性器官才能做的如此复杂、昂贵、隐秘、充满激情的事情，这难道不是奇迹吗？这只不惹麻烦的可爱的手，能像一个愚蠢的、健谈的女人一样给人带来同样多（如果不是更多）的乐趣，这难道不令人赞叹吗？"

"当然，假如您是这样看问题的话……"

"可事实就是这样，年轻人！你不这样认为吗？"

"听着，塔施先生，是我在采访您，而不是您在采访我。"

"换句话说，你想让自己扮演一个出色的角色，是吗？"

"如果您愿意听的话，我可以告诉您，在这之前，我觉得自己扮演的角色并不是太有趣。您让我吃了好多次苦头。"

"这让我很高兴。"

"好了，还是让我们谈我们的器官吧。我概括一下：文笔、睾丸、阴茎、嘴唇、耳朵和手。就这些了？"

"你觉得还不够吗？"

"我不知道。我以为还有其他。"

"是吗？你还需要什么东西？外阴？前列腺？"

"这回，下流的是您了。不，您肯定在取笑我，但我觉得还需要心。"

"心？天哪！用来干吗？"

"用来产生感情、爱情。"

"这些东西与心没有任何关系。它们只和睾丸、阴茎、嘴唇和手有关。这已经足够了。"

"您太无耻了。我决不会同意您的意见。"

"同样，你的意见也不会让任何人感兴趣，就像你一分钟前说过的那样。可我看不出我刚才对你说的话有什么无耻的地方。感情和爱情与器官有关，这我们都很同意。我们的分歧仅在于这个器官的本质。在你看来，这是一种与心有关的现象，这我并不反对，我不会迎面给你一堆形容词。我只是想，你关于解剖的理论太奇特，所以，很有趣。"

"塔施先生，您为什么假装没明白呢？"

"你这样要挟我是什么意思？我根本没有假装。我只是一个蹩脚的学生而已！"

"可是，当我谈起心的时候，您明明知道我说的并不是器官！"

"啊，我确实不知道！你指的是什么？"

"我指的是感觉、情感、激情！"

"这些，充满胆固醇的愚蠢的心中都有！"

"好了，塔施先生，您并不滑稽。"

"不滑稽，确实不滑稽。滑稽的是你。你为什么要跟我说与我们的话题完全无关的事情呢？"

"您竟然说文学与感情没有任何关系？"

"瞧，年轻人，我看我们对'情感'这个概念的理解不同。对我来说，砸烂某人的嘴脸，这叫感情；对你来说，在妇女杂志的《心灵之约》栏目中哭泣，这叫感情。"

"那您觉得感情是什么？"

"对我来说，感情是一种心灵状态，也就是说，是一种充满谎言的美丽故事。人们之所以跟自己讲这种故事，是因为想得到做人的尊严；想让自己相信，哪怕在大便的时候，自己也充满智慧。尤其是女人，喜欢创造这种心灵状态，因为她们所干的工作使她们的头脑不用想什么东西。然而，人类的特点之一是，我们的大脑总以为自己得不断转动，哪怕它根本没用的时候也如此。这种可悲的技术错误是人类所有悲剧的根源。家庭妇女的大脑，不是高贵地不动、高雅地休息，就像蛇在太阳底下睡觉一样，而是怪自己没用，并开始编造一些苍白而自负的故事——她们越觉得做家务低贱，这种自负就越显得突出。由于再也没有什么比吸尘或清洗厕所更低贱的了，这种自负就显得更加愚蠢：这些事是应该做的，就是这么回事。而女人总以为她们来到世界上是来干高贵的事情的。大部分男人也如此，但没有这么固执，因为他们的大脑被算账、晋升、告密和报税占了，只给胡言乱语留下一点点空间。"

"我觉得您有点落后了。现在，女人也工作，也在考虑跟男人一样的问题。"

"你太天真了！她们这是装的。她们房间的抽屉里塞满了指甲油和妇女杂志。现在的女人比以前的家庭妇女更糟。以前的家庭妇女至少还能干点事，现在的女人成天就和同事谈论像心脏和热量这样物质性的话题。这完全是一回事。当她们烦透了的时候，她们就让上司把自己炒了。破坏别人的生活，她们感到心里乐滋滋的。对一个女人来说，这是最大的晋升。当一个女人破坏了他人的生活时，她便把这种战绩看作自己聪明的最好证明。'我搞破坏，所以我有头脑。'她们如此推理。"

"听您的口气，好像您跟女人有不共戴天之仇似的。"

"当然！是她们中的一员给了我生命，而我并没有向她提出任何要求。"

"您好像是个处于青春期的小伙子。"

"不对，我百分之百是个成年人。"

"太滑稽了。不过，您的出生，某个男人也是做了贡献的。"

"我同样也不喜欢男人。你知道。"

"但您更讨厌女人。为什么？"

"所有的原因我刚才已一一向你列举了。"

"是的。您知道，我很难相信还有别的原因。您对女人厌恶得好像想对她们进行报复。"

"报复？报复什么？我一直都是个单身汉。"

"用婚姻进行报复。而且，也许您不知道，您本身就是这种报复欲的根源。"

"我看出了你的意图。不，我拒绝被人进行心理分析。"

"在到达那一步之前，也许您可以考虑考虑。"

"考虑什么，伟大的上帝？"

"考虑您和女人的关系。"

"什么关系？什么女人？"

"别对我说……不！"

"什么，不？"

"您是……"

"到底是什么？"

"……童男？"

"当然。"

"这不可能。"

"绝对可能。"

"既没有跟女人，也没有跟男人……"

"你觉得我看起来像个被鸡奸的人吗？"

"别说被鸡奸者的坏话，有的同性恋者非常出色。"

"真可笑。你说这话，就像在说'有的皮条客甚至很诚实'，好像'同性恋者'和'出色'这两个词有矛盾似的。不，我抗议你不承认我是童男。"

"我们换位思考试试！"

"你怎么敢要求我这样的人跟你换位置？"

"这……太难以想象了！您在小说中谈起性来，就像个专家似的，像个昆虫学家！"

"我是手淫博士。"

"手淫就足以体验肉体的快乐吗？"

"你为什么假装读过我的书？"

"听着，我无须读您的书就可以知道，您的名字和最准确、最专业的性讲座联系在一起。"

"这很让人奇怪。我不明白。"

"我最近偶然读到一篇论文，题目是这样的：《阴茎通过句法而勃起的塔施主义》。"

"可笑。论文的主题总是让我觉得可笑，让我感动。那些大学生很可爱，他们模仿大人写一些愚蠢的东西，题目极具诡辩性，内容却平庸不堪，就像那些自命不凡的饭店给蛋黄酱鸡蛋取了一个耸人听闻的名字一样。"

"当然，塔施先生，如果您不想听，我就不讲了。"

"为什么？不够有趣吗？"

"恰恰相反，这太有趣了。但我不想泄露这样的秘密。"

"这不是秘密。"

"那您以前为什么不说？"

"我不知道对谁说。我总不能对卖肉的说我是童男吧？"

"当然，但也不能在报纸上讲。"

"为什么？法律禁止童男吗？"

"这是您的私生活，您的隐私。"

"在这之前你向我提的那些虚伪的问题，不都属于我的私生活吗？你刚才并不怎么做作，没必要扮演受惊吓的处女（这话说得一点没错），这没用。"

"我不同意您的观点。大胆也要有个限度，有的界限是不能超越的。记者当然要大胆——这是他们的职业要求，但他们知道怎样适可而止。"

"现在，你怎么用第三人称来谈论自己了？"

"我是代表所有记者说话。"

"胆小鬼就是这样。我，我代表我自己回答你，我只为自己担保。告诉你，我不会屈服于你的准则的。在我的私生活中，哪些是秘密，哪些不是秘密，这由我自己来决定。我是不是童男，我才不在乎呢！你爱怎么办就怎么办吧！"

"塔施先生，我想您是没有意识到透露这种秘密的危险。您会感到自己被玷污、被强暴……"

"年轻人，让我来问你一个问题吧：你是个傻瓜还是个虐待狂？"

"为什么这样问？"

"如果你既不是傻瓜又不是虐待狂，那我就无法解释你的行为了。我给了你一个千载难逢的独家新闻，我无私而大方地给了你——而你没有像聪明的猛禽那样扑上去，反而迟迟疑疑，扭扭捏捏。你知道，你再这样下去会遇到什么危险吗？我会一气之下把独家新闻收回来，不是因为要给我的私生活保密，而仅仅是因为讨厌你。要知道我的大方绝不会为时太久，尤其是有人惹我生气时更是这样。所以，拿起我给你的东西，趁我把它收回来之前赶快走。不过，你还是应该感谢我。因为，诺贝尔奖获得者并不会每天都把他的童贞献给你，不是吗？"

"非常感谢您，塔施先生。"

"好啦，亲爱的，我很喜欢像你这样的马屁精。"

"可是，是您要我……"

"那又怎么样？没人强迫你我说什么你就要做什么。"

"好，我们言归正传吧。根据您最后透露的情况，我似乎觉得我能明白您讨厌女人的原因了。"

"是吗？"

"是的，您想报复女人，不是因为您是童男吗？"

"我不觉得两者之间有什么联系。"

"有。您之所以讨厌女人，是因为没有一个女人要您。"

小说家爆发出一阵大笑，笑得连肩膀都抖起来了：

"太棒了！你太滑稽了，我的老兄。"

"我可以把它理解为您在驳斥我的解释吗？"

"我觉得你的解释不攻自破，先生。你刚刚想出一个因果关系完全颠倒的例子——记者们在这方面都很出色嘛！可是，你把论据都颠倒了，搞得人昏头昏脑，所以你才说我恨女人是因为没有一个女人要我，而事实是我不要她们当中的任何一个，理由很简单：我讨厌她们。双重的颠倒。太好了，你是个天才。"

"您是想让我相信，您在没有任何理由的情况下，一开始就讨厌她们？这不可能。"

"给我列举一种你不喜欢的食物。"

"鳐，不过……"

"为什么你想报复这可怜的鳐？"

"我根本不想报复鳐，我从来就觉得它很难吃，就这么回事。"

"对了，这样我们就能互相理解了。我根本不想报复女人，但我从来就讨厌她们，就是这么回事。"

"总之，塔施先生，您不能这样比较。如果我把您与牛舌头比较，您会怎么说？"

"我会感到很荣幸，太好吃了。"

"哎，严肃点。"

"我一直都很严肃。我为你深感遗憾，年轻人，因为，如果我不这样严肃，我也许就不会发现这场谈话持续的时间已长得前所未有，你不配我的慷慨。"

"我没做什么，为什么不配您的慷慨？"

"你忘恩负义，虚伪。"

"我虚伪？我？那您呢？"

"放肆！我早就知道我的诚意得不到任何好处。人们不但不会注意，反而会误解它——你确实是颠倒是非的专家——把它说成虚伪。我的牺牲不会有任何好处。我有时想，如果事情能够重来，我一定会虚情假意，这样才能得到你的理解和尊重。而且，我看着你，你却这样厌恶我，以至于我庆幸自己没有学你们的样子，尽管我因此而受到了惩罚，陷入孤独。孤独是件好事，如果它使我远离你的污泥。我的生活并不辉煌，但我宁愿过这样的生活而不羡慕你的生活。走吧，先生。我的长篇大论结束了，把它搬上你的报纸吧！行行好，走吧！"

在对面的咖啡馆里，记者讲述了自己刚才的经历，又引起了争论：

"在这种情况下，道义是否允许我们把谈话继续下去？"

"塔施很坚决地回答我们，谈论我们这个行业的职业道德的人一定是一些虚伪的人。"

"这确实是他告诉我们的，但他又不是教皇。没人强迫我们接受他可怕的观点。"

"问题是这些可怕的观点中有些东西是真实的。"

"行了，你去他的角斗场里走走。很抱歉，我无法再尊重那个家伙了，他太无耻了。"

"这正如他所说的：你是个忘恩负义的家伙。他给了你梦想中的独家新闻，作为对你的感谢，你却蔑视他。"

"可是，你没听见他是怎样骂我的。"

"当然听见了。所以，我明白你为什么这样生气。"

"我真想这事轮到你头上。那我们就可以笑你了。"

"我也很想这事轮到我头上。"

"你听见他是怎样说女人的吗？"

"啊，那也不能说完全是他的错。"

"你不感到羞耻吗？幸亏我们身边没有女人听到这话。好了，明天谁去？"

"一个陌生人，他没有来自我介绍。"

"哪个单位的？"

"不知道。"

　　"别忘了，格拉沃兰问我们每人要一盒录音带。我们也确实应该给他。"

　　"那家伙真是个圣人。他为塔施工作多少年了？每天一定都很不开心。"

　　"那是，但为天才工作，这也一定很有吸引力。"

　　"在这件事上，天才倒是个好借口。"

　　"格拉沃兰为什么要听录音带呢？"

　　"他需要更好地了解折磨他的人，这我能理解。"

　　"我在想，他怎么能忍受得了那个胖子。"

　　"别再把塔施叫作胖子了。别忘了他是谁。"

　　"对我来说，从今天早上开始，他就不是塔施了。他将永远是胖子。我们永远不应该再采访作家。"

　　"你是谁？你在那里干什么？"

　　"今天是一月十八日，塔施先生。轮到我来采访您。"

　　"你的同事们没有告诉你……"

　　"我没见过那些人。我跟他们没有任何关系。"

　　"很好。不过，他们事先应该告诉你的。"

　　"您的秘书格拉沃兰先生昨天晚上让我听了录音。我已经完全了解前因后果了。"

"你已经知道我是怎样看待你们的了，竟然还敢来？"

"是的。"

"好，太好了，你很大胆。现在，你可以走了。"

"不。"

"你已经完成战绩了。你还需要什么？你想让我给你签一份证明吗？"

"不，塔施先生，我很想跟您谈谈。"

"瞧，这太滑稽了，但我的耐心有限。插科打诨已经结束，走吧！"

"不行，我跟其他记者一样，是得到格拉沃兰先生的许可的。所以，我不走。"

"那个格拉沃兰是个叛徒。我已经清楚地告诉他撵走妇女杂志的记者。"

"我不是妇女杂志的。"

"怎么，现在男性杂志也雇用女人？"

"这并不是什么新鲜事，塔施先生。"

"那太混账了！这么说，一旦开始雇用女人了，那最终就会雇用黑人、阿拉伯人和伊拉克人了！"

"获诺贝尔奖的人竟然会说出这样高雅的话？"

"是诺贝尔文学奖，而不是诺贝尔和平奖。谢天谢地！"

"是的，谢天谢地。"

"夫人想扮才女？"

"是小姐。"

"小姐？我并不感到奇怪，因为你是这么丑。你很让人讨厌，怪不得男人不娶你！"

"您已经有些落伍了，塔施先生。今天，妇女想独身就可以独身。"

"岂有此理！还不如说你找不到人要你。"

"亲爱的塔施先生，这与您无关。"

"啊，是的，这是你的私生活，不是吗？"

"一点没错。如果您愿意告诉大家您是个童男，那是您的权利。别人犯不着学您。"

"讨厌、无礼、没有人要的丑女人，你竟敢批评我？"

"塔施先生，我给你两分钟，你好好看着手上的手表，你得为你刚才说的话向我道歉。如果两分钟后你不向我道歉，那我就走，让你一个人在你肮脏的房间里骂娘。"

一时间，这个胖子好像窒息了。

"放肆！没必要看表：你可以在这里待上两年，我不会向你做任何道歉的。你该向我道歉。而且，谁告诉你我一定要你来的？你一进门，我就命令你出去，起码说了两遍。好了，别等到两分钟结束了，你这是在浪费时间。门在那儿！门在那儿，听见了吗？"

她似乎没有听见。她继续看表，脸上的神情让人难以捉摸。还有什么是比两分钟更短的呢？然而，如果是在一片死寂中认真地数两分钟，这两分钟似乎又会显得漫长无边。老人的愤怒慢慢地变成了惊愕。

"好了，两分钟过去了。再见，塔施先生，很高兴认识你。"

她站起来，向门口走去。

"别走！我命令你留下。"

"你有话要对我说吗？"

"坐下。"

"塔施先生，道歉已为时太晚。期限已过。"

"留下。该死的女人！"

"再见！"

她打开门。

"我道歉，你听见了吗？我道歉！"

"我已经告诉过你这太迟了。"

"妈的，这是我平生第一次道歉！"

"怪不得你连道歉都不会。"

"我的道歉有什么可指责的吗？"

"大可指责。首先，道歉来得太迟了，要知道，迟来的道歉已失去一半诚意；其次，如果你想准确地使用我们的语言，你不应该说'我道歉'，而应该说'我向你道歉'，或者，最好说'我谨向你道歉'，更好的说法是'请接受我的歉意'，但最好的说法是'我谨请求你接受我的歉意'。"

"真是莫名其妙，虚伪透顶！"

"不管虚不虚伪，如果你不以准确的方式向我道歉，我立即就走。"

"我谨请求你接受我的歉意。"

"小姐。"

"我谨请求你接受我的歉意，小姐。这下你满意了吧？"

"一点都不满意。你听见自己说话的语气了吗？你会用同样的语气问我穿什么牌子的内衣。"

"你的内衣是什么牌子的？"

"再见，塔施先生。"

她又打开了门。胖子急得大叫起来："小姐，我谨请求你接受我的道歉。"

"这次好多了。下次还要说得更快些。为了惩罚你的缓慢，我命令你告诉我，为什么你不想让我走。"

"什么？还没有完？"

"没有。我觉得我应该得到完美的道歉。你仅仅是把话说对了而已，诚不诚心还很难说。为了让我相信你是诚心的，我需要你为自己辩解，需要你让我产生原谅你的愿望——因为我还没有原谅你，而原谅将非常简单。"

"你太过分了！"

"这话是你说的吗？"

"滚你的吧！"

"很好。"

她再次打开了门。

"我不愿意让你走，是因为我感到很烦闷！我烦闷了二十四年！"

"这就对了。"

"你高兴了吧，你可以在你的小报上说，普雷泰克斯塔·塔施是个可怜的老家伙，二十四年来他一直很烦闷。你可以让我成为众人同情的对象。"

"亲爱的先生，我知道你很烦闷。你什么都没有告诉我。"

"虚张声势。你怎么会知道？"

"有些矛盾的东西，那是骗不了人的。我跟格拉沃兰先生一起听了另外几个记者的录音带。你说你的秘书违背你的意愿，组织了新闻采访。格拉沃兰先生说的却恰恰相反：他告诉我，你听到记者要采访你时别提多高兴了。"

"叛徒！"

"没什么可脸红的，塔施先生。当我知道这件事时，我觉得你很令人同情。"

"你的同情没有任何作用。"

"然而你不愿意让我走。你以为和我在一起能得到什么乐趣？"

"我很想烦你。没有比这更让我高兴的了。"

"可你看见我很开心。你以为这样我就会留下不走了？"

"二十世纪最伟大的作家之一对你说他需要你，给了你天大的面子，你觉得还不够吗？"

"也许你想让我高兴得哭起来，或者跪在你脚下感激涕零？"

"是的，这样我就高兴了。我喜欢别人在我的脚下爬。"

"如果是这样的话，那就别留我了，这不是我的风格。"

"别走！你很固执，很难对付，我就喜欢这样。既然你好像决意不向我道歉，那就让我们来打个赌，好吗？我敢说，你最后会像前几个记者一样收回自己的话的。你喜欢打赌吗？"

"不喜欢白白打赌。我需要赌点什么。"

"你感兴趣了，嗯？你想要钱？"

"不想。"

"啊，小姐你看不起金钱？"

"哪儿的话。但如果我想要钱，我就会跟比你富得多的人打赌。对于你，我想要别的东西。"

"不会是我的童贞吧？"

"你老想着自己的童贞。如果我会要如此恐怖的东西，那真是疯了。"

"谢谢。那你想要什么？"

"你刚才谈起了爬。我建议我们俩赌同样的东西：如果我输了，那我在你的脚下爬；但如果你输了，你得在我的脚下爬。我也喜欢别人在我面前爬。"

"你以为你能斗得过我？这真让人感动。"

"我似乎觉得刚才已经赢了第一局。"

"我可怜的孩子，你把这叫作第一局？这只是一个良好的开端。"

"结束时我将把你打败。"

"也许。但要夺取这个胜利，你只有一个有力的武器，而现在你已经失去。"

"啊？"

"是的，你的武器是气冲冲地出去。现在，你再也做不到了，你太想赢了。你一想到我要在你的脚下爬，你的眼睛就发亮了。这种前景太使你高兴了。赌完之前你不会走的。"

"你也许后悔了。"

"也许。在这期间，我觉得我会很快活的。我喜欢打败别人，揭穿别人的虚情假意，你就是代表。有种事情尤其使人快乐：侮辱自以为是的女人，侮辱像你这样的讨厌鬼。"

"我最喜欢的，是让自以为了不起、夸夸其谈而又无真才实学的大胖子瘦下去。"

"你刚才说的话在你们这个时代太典型了。我是不是在跟一个不断地喊口号的人打交道？"

"塔施先生，别担心，你也是。你逆历史潮流而动的愤怒，你在平时表现出来的法西斯思想，在你们那个时代里也很典型。你以为自己过时了，并因此而自豪，是吗？你根本没有过时。从历史的观点来看，你甚至算不上独特。每一代都有可诅咒的人，也有自己的大名人，他们的荣耀只建立在让天真者害怕的恐惧上。我有必要对你说，这种荣耀是多么脆弱，人们很快就会把你忘记吗？你说得对，谁也不会读你的书。现在，你的粗俗和你的诅咒让世人感到了你的存在。当你的叫声消失的时候，谁也不会再想起你，因为谁也不会读你的书。"

"小姐，你这一小段话讲得何其精彩！你是从哪儿学来的？可怜的进攻和西塞罗式的奔放热情混杂在一起，还带有哲学家和社会学家的色彩，真是杰作！"

"亲爱的先生，我提醒你，不管打不打赌，我都是记者，你所说的一切都被录下来了。"

"太好了。我们正在丰富西方最杰出的辩证法思想。"

"辩证法，只有没别的词可用时才用这个词，不是吗？"

"没错，这是聊天中的王牌。"

"我是否可以得出结论：你已经没有话要对我说了？"

"我从来就没有什么话要对你说，小姐。如果有人像我这样烦了二十四年，他不会有任何话要对别人说的。如果说他希望有人陪伴，那也是为了解闷，不是用他们的智慧解闷，就是用他们的愚蠢解闷。所以，做点什么事，给我解解闷。"

"我不知道我能不能给你解闷，但我肯定能烦你。"

"烦我？我可怜的孩子，我对你的尊重一落千丈。烦我！你可以说得更糟，只说一个'烦'字。'烦'这个动词的不及物用法是从什么时候开始的？从一九六八年五月？我一点都不感到惊奇，这个词散发出莫洛托夫小鸡尾酒①，他小小的街垒，他为吃饱了撑的大学生而发动的小革命，他为家族后

---

① 指土制燃烧弹，群众街头暴动常用的武器。这种叫法源自苏联外交人民委员（外交部长）维亚切斯拉夫·米哈伊洛维奇·莫洛托夫。

代而歌唱的可怜的未来的味道。想'烦',就是想'把某事重新提出来讨论','意识到'——这里请不要用直接宾语,这要智慧得多,而且,非常实用,因为,这可以不用说清无法说清的东西。"

"你为什么浪费时间跟我说这些东西?我已经说清楚了我的直接宾语,我已经说了'烦你'。"

"啊,这不见得好多少。我可怜的孩子,你本来可以成为一个杰出的社会事务助理。最滑稽的是,那些声称想烦人的人却又很傲慢,他们跟你讲话时自我满足,就像正在成长的救世主们,因为他们有使命。真的!好了,意识到我,烦我,让我们笑一笑吧。"

"不可思议!我已经让你开心了。"

"我是个好听众,请继续。"

"好吧。刚才,你对我说你没有任何话要对我说。我可有话要对你说。"

"让我猜一猜。像你这样一个小女子会对我说些什么?女人在我的作品中没有得到重视?没有女人,男人永远得不到销魂的快乐?"

"不对。"

"那么,你也许想知道是谁在这里做的家务?"

"为什么不？这会给你一个让人感兴趣的机会，就此一次。"

"是这样，惹我生气吧，这是弱者的武器。好，我告诉你，是一个葡萄牙女人每星期四下午来打扫我的房间，拿走我的脏衣物。这起码是一个从事可敬职业的女人。"

"在你的意识中，女人应该待在家里，擦桌子扫地，不是吗？"

"在我的意识中，女人根本就不存在。"

"越来越精彩了。选中你的那天，诺贝尔文学奖评奖委员会的成员一定是中暑了。"

"在这一点上，我们的意见是一致的。这个诺贝尔奖达到了误会史上的顶峰。把诺贝尔文学奖颁给我，就像把诺贝尔和平奖颁给萨达姆·侯赛因一样。"

"别自吹自擂了，萨达姆比你出名。"

"很正常，因为人们不读我的书。如果人们读我的书，我会比他更有害，所以也就更出名。"

"可惜的是，人们不读你写的书。为什么全世界的人都不读你写的书？如何解释？"

"出于保守的本能，免疫反应。"

"你的解释总是为自己贴金。人们不读你的书，是不是只因为你很闷？"

"闷？说得多婉转。你为什么不说屎？"

"我觉得没必要说那么肮脏的字眼。亲爱的先生，别回避我的问题。"

"我闷？我会给你一个非常真诚的漂亮回答：我什么都不懂。在这个世界上，我是最无知的一个。康德一定以为《纯粹理性批判》是一本十分有趣的书，这不是他的错：他埋首其中。同样，小姐，我也觉得有义务直截了当地问你这个问题：我烦吗？虽然你很笨，但你的回答也比我的回答有趣，尽管你没有读过我的书。你没有读过我的书，这毫无疑问。"

"错了。站在你面前的，是极少数读完你二十二本书的人之一。我没有跳过一行。"

胖子惊呆了，半分钟说不出话来：

"太棒了，我喜欢能把假话说得这么真的人。"

"很抱歉，这是事实。我读过你的所有作品。"

"在手枪的威逼下？"

"心甘情愿——我自己愿意。"

"不可能。如果你读过我的书，你就不会是现在这个样子。"

"我在你眼里究竟是个什么样的人？"

"我觉得你是一个微不足道的小女人。"

"你觉得自己能看出这个微不足道的小女人脑子里在想什么吗？"

"怎么？你脑子里在想东西？ Tota mulier in utero.①"

"可是，我并不是用肚子来读你的书的。所以，你不得不忍受我的批评了。"

"来吧，让我们来看看你所谓的'批评'吧！"

"首先，为了回答你的第一个问题，我读了你的二十二本小说，一刻也没有感到无聊。"

"这太奇怪了。我想，读而不懂一定会烦死人。"

"不懂而写，烦吗？"

"你的言下之意是我不懂自己写的书？"

"不如说你的书是在虚张声势，这也是你书中的魅力之一。读你的书时，我一下子觉得信息密密麻麻，一下子觉得废话连篇，绝对是在虚张声势——绝对，是因为既吓唬作者也吓唬读者。我可以想象到，当你给那些空洞无物、极度狂热的废话披上深刻的外衣，让人觉得它们必不可少时，你是多么得意。对像你这样精明的人来说，这种游戏一定很精彩。"

---

① 原文为拉丁文，意为"妇女只不过是子宫罢了"。

"你在啰唆什么？"

"对我来说，这也同样精彩。在一个自称与虚伪做斗争的作家的笔下，发现这么多虚伪的东西，这太有趣了。如果你的虚伪全是清一色的，那就太让人恼火了。可你真真假假，虚伪得太聪明了。"

"自以为是的小女子，你以为你能分辨出真假？"

"还有比这更简单的吗？每当遇到让我大笑不已的段落时，我就明白那里面有假货。我发现你做得太巧妙了：以假斗假，用绝顶聪明的恐怖主义与假做斗争，这比假更险恶。这是一种伟大的策略，有点太伟大了，因为，对一个如此粗鲁的敌人来说，这太精明了。马基雅弗利①主义很少把话说到点子上，这可不是我教你的：大头棒打人比小聪明更有效。"

"你说我说假话，可我和你比起来真是小巫见大巫，因为你自称读过我的书。"

"这一切都是可能的。如果你一定要得到证明，那你就考考我吧！"

"那像丁丁②迷那样：'在《向日葵事件》中，红色沃尔沃的车牌号是多少？'荒谬！别指望我会以这种方式玷污自

---

① 马基雅弗利（1469—1527），意大利政治家、思想家和历史学家。
② 比利时著名的卡通人物。

己的作品。"

"那我怎样才能说服你？"

"你怎样也说服不了我。"

"总之，我没有什么可损失的。"

"你跟我较量绝不会不受损失。你的性别首先就判你失败了。"

"提起性别，我研究过你书中的女性人物。"

"我不怀疑，这有可能。"

"你刚才说，在你的意识中，女人并不存在。一个在书中创造了那么多女性形象的人，用这样的话来侮辱女人，这也太让人感到惊讶了。我就不从头一本本说了，但我知道，在你的作品中，有四十六个女人。"

"我在想，这能说明什么？"

"这说明女人在你的意识中是存在的。这是你的第一个矛盾。你会看到，还会有别的矛盾。"

"啊，小姐你在找矛盾呢！你就像个小学教师。我告诉你吧，普雷泰克斯塔·塔施已经把矛盾提到艺术的高度了。你能想象得出比我的自我矛盾系统更高雅、更巧妙、更让人困惑、更尖锐的东西吗？啊，你这个小小的蠢女人，你扬扬得意地向我宣布，你在我的书中发现了一些让人恼火的矛盾。

你还缺一副眼镜！有一个如此细心的读者，这不是很好吗？"

"我从来没有说过这种矛盾让人恼火。"

"是没有，但你显然是这么想的。"

"我比你更清楚自己是怎么想的。"

"这有待证明。"

"这么说吧，我觉得这个矛盾很有趣。"

"一点没错。"

"所以我要说，一共有四十六个女性形象。"

"要让你的数据显得有点意义，你也得数数一共有多少男性形象，我的孩子。"

"我数了。"

"多聪明啊！"

"一百六十三个男人。"

"我可怜的小东西，如果你不是那么可怜巴巴，我会忍不住嘲笑这么不协调的东西。"

"怜悯是一种要禁止的感情。"

"啊，你读过茨威格！你太有学问啦！你知道，亲爱的，像我这样的粗人只喜欢蒙泰朗①。你似乎从来没读过他的作

---

① 蒙泰朗（1895—1972），法国作家、法兰西学士院院士，主要作品有《少女们》《对妇女的怜悯》等。

品。我同情女人，所以恨她们。反之亦然。"

"既然你对女人的感情如此纯洁，那就请给我解释一下你为什么创造了四十六个女人。"

"不行，该你来向我解释，我决不会放弃听你解释的快乐。"

"你的著作不应该由我来解释。不过，我可以给你证明一些东西。"

"证明吧！有请。"

"我就随便说了。你写了一些没有女人的书，比如说《消化不良辩》。当然啦……"

"为什么'当然'？"

"因为那本书里没有人物。"

"这么说，你真的读过我的书，至少读过一部分。"

"在《溶剂》《用来谋杀的珍珠》《一杯水中的菩萨》《谋杀丑陋》《完全阴险》《死亡，我放弃》中都没有女人，更令人惊讶的是，在《扑克、女人、其他人》中也没有女人。"

"我真是灵巧得可以。"

"这样，八部小说中没有女人。二十二减八等于十四，我们还剩下十四本书，四十六个女人就分布在这十四本书中。"

"这种技巧，真是了不起。"

"当然，在剩下的十四本书中，并不是每本书中都有男有女。"

"为什么'当然'？我讨厌这些'当然'，你却以为在谈论我的书时，不得不说'当然'，好像我的书是那么一目了然。"

"正因为你的书太朦胧，我才使用'当然'。"

"请别狡辩。"

"《两场战争间的无故强暴》中女人最多，破了纪录。一共有二十三个。"

"这就可以解释了。"

"四十六减二十三等于二十三。我们还剩下十三部小说和二十三个女人。"

"统计得非常棒。"

"有四本小说中男女同株，请允许我使用这个如此不得体的新词。"

"你允许你自己用这个新词吗？"

"我接着数：《破坏性祈祷》《桑拿和别的豪华享受》《脱发散文》《无副词爆炸》。"

"还剩多少？"

"九本小说和十九个女人。"

"如何分布？"

"《卑鄙者》：三个女人。其余的有男有女：《没有痛苦的耶稣受难像》《无序的宽紧袜带》《到处》《绿洲奴隶》《药膜》《三个贵妇小客厅》《相伴的恩赐》——还缺一本。"

"不，你全都说了。"

"是吗？"

"是的，你的功课学得很好。"

"我敢肯定，缺了一本。我得从头数起。"

"啊，不，别从头开始！"

"必须这样，否则我的统计就乱了套了。"

"我原谅你。"

"算了，我还是从头开始吧。你有纸和笔吗？"

"没有。"

"求你了，塔施先生，帮帮我吧，我们可以节约点时间。"

"我对你说了，不要重新开始。你数来数去烦死了。"

"那好，如果你不想让我重新开始，你就把剩下的那本书的书名告诉我吧！"

"可我一点都想不起来了。你所列的书名，我已忘了一半。"

"你忘了你的作品？"

"当然。你想想，我已经八十三岁了。"

"尽管如此，有些作品你是不可能忘记的。"

"也许是这样。说清楚点，哪几本？"

"不该由我来告诉你。"

"太遗憾了，我很喜欢你的判断。"

"我非常高兴。现在，请安静，我重新开始数：《消化不良辩》，一本，《溶剂》……"

"你是不是把我当傻瓜了？"

"……两本了。《用来谋杀的珍珠》，三本。"

"你有塞耳朵的东西吗？"

"你想起来了？"

"没有。"

"算了。《一杯水中的菩萨》，四本。《谋杀丑陋》，五本。"

"一百六十五，二十八，三千九百二十五，四百二十四。"

"你扰乱不了我。《完全阴险》，六本。《死亡，我放弃》，七本。"

"你要焦糖吗？"

"不要。《扑克、女人、其他人》，八本。《两场战争间的无故强暴》，九本。"

"你要亚历山大酒吗？"

"别说话。《破坏性祈祷》，十本。"

"你很注意自己的身材，是吗？我敢肯定。你不觉得这样太瘦了吗？"

"《桑拿和别的豪华享受》，十一本。"

"我早料到你会这样回答我。"

"《脱发散文》，十二本。"

"唉，疯了，你现在列举的次序和第一次一模一样。"

"瞧，你的记性非常好。《无副词爆炸》，十三本。"

"千万别夸张。可你为什么不按出版的时间顺序罗列呢？"

"你甚至想起了出版的时间顺序？《卑鄙者》，十四本。《没有痛苦的耶稣受难像》，十五本。"

"行行好，别念了。"

"只有一个条件。把我忘记的那个书名告诉我。你的记性很好，不会忘的。"

"可我确实忘了。遗忘症是不讲条理的。"

"《无序的宽紧袜带》，十六本。"

"你还要这样数很长时间吗？"

"什么时候你的记忆恢复了，什么时候我就数完了。"

"我的记忆？你刚才是说'我'的记忆？"

"是的。"

"如果我没弄错，你并没有忘记那本小说。对吗？"

"我怎么能忘记呢？"

"可为什么你不亲自说出来呢？"

"我想听到它从你口里说出来。"

"可我已经告诉过你我想不起来了。"

"我不信。你可以忘记所有别的书，但不可能忘掉那一本。"

"那一本有什么特别之处吗？"

"你知道得很清楚。"

"不。我是一个对自己一无所知的天才。"

"你让我发笑。"

"再说，如果那本小说那么神奇，人们早就议论开了。然而，没有人提起过那本书。人们谈起我的书时，提到的总是那四本。"

"你知道得很清楚，这等于什么也没说。"

"啊，我明白了。小姐是一个爱赶时髦的沙龙女人。你们喜欢大叫：'亲爱的朋友，你认识普鲁斯特吗？不是那个，不是写《追忆逝水年华》的那个，别这么俗。我说的是一九〇四年在《费加罗报》上发表过文章的那个……'"

"就算是这样吧，我是个爱赶时髦的沙龙女人。请告诉我那本书的书名。"

"可是，我不愿意。"

"这就证明了我的预测。"

"你的预测？说说看。"

"好吧。由于你拒绝配合，我不得不重新开始数——我忘了数到哪里了。"

"你没有任何必要重复你的那套老话。你知道是哪本书。"

"唉，我担心自己又忘了。《消化不良辩》，一本。"

"你再说一个字我就把你掐死，尽管我是个残疾人。"

"掐？这个动词好像告诉了我什么。"

"你想让我把你当兔子一样掐死吗？"

"这回，亲爱的塔施先生，你无法岔开话题了。那就跟我谈谈你是怎样掐死人的吧！"

"怎么？我写过一本叫作这个题目的书？"

"不完全是。"

"听着，你的这些猜测让我讨厌。把书名告诉我，这事就算完了。"

"我不急着结束。我觉得挺好玩的。"

"我可不觉得。"

"事情变得越来越有趣了。但我们别扯远了。亲爱的塔施先生，把掐死人的经过告诉我吧。"

"关于这个话题，我没有什么可说的。"

"没有？那你为什么威胁我？"

"我那句话没别的意思，就像说'去你的吧'一样！"

"好吧。然而，巧合的是，你宁愿用掐死人来威胁我。奇怪。"

"你究竟想干什么？也许你像弗洛伊德一样，有口误的习惯。真倒霉！"

"我不相信弗洛伊德是口误。一分钟前，我就开始这样认为。"

"我不相信语言折磨有什么用处。几分钟前，我就开始这样认为了。"

"你在恭维我。让我们打开天窗说亮话，好吗？我有的是时间，只要你想不起那个书名，只要你不谈掐死人的经过，我就不放过你。"

"这样攻击一个肥胖、有病、一贫如洗的残疾老人，你不觉得可耻吗？"

"我不知道什么叫可耻。"

"你的老师又忘了向你灌输一种美德。"

"塔施先生，你也不知道什么叫可耻。"

"很正常。我没有任何理由感到可耻。"

"你刚才不是说你的作品有害吗？"

"一点没错。我会因为没有危害人类而感到耻辱。"

"可是，我感兴趣的不是人类。"

"你说得对，人类没有意思。"

"个人有意思，是吗？"

"可有意思的个人太少了。"

"跟我谈谈你所认识的个人吧！"

"好吧。比如说，塞利纳。"

"不，不要提塞利纳。"

"怎么？他对小姐你来说不够有趣？"

"跟我谈谈你刻骨铭心的那个人吧。你跟他一起生活过、谈话过……"

"那个女护士？"

"不，不是女护士。好了，你知道我指的是谁。你知道得很清楚。"

"我一头雾水。你这个女人真讨厌。"

"我给你讲一个小故事，这个故事也许会有助于你衰老的大脑恢复记忆。"

"是这样。既然我有一段时间可以不讲话，那就请允许我吃点焦糖。我非常需要它，因为你将给我带来痛苦。"

"允许了。"

小说家往嘴里塞了一大块四四方方的焦糖。

"我的故事从一个惊人的发现开始。你知道，记者都是些直性子。我没有征得你的同意便调查了你的过去，因为，如果征求你的意见，你会制止我这样做的。我看见你笑了，我知道你在想什么：你没有留下任何痕迹，你是自己家族的最后一个代表，你从来没有朋友。总之，没有任何东西能说明你的过去。错了，亲爱的先生。你得当心险恶的证人，得当心自己生活过的地方。它们会说话。我看见你又笑了。是的，你小时候住的城堡在六十五年前就已经被烧毁了。奇怪的火灾，而且，一直没有解释。"

"你是怎么听说那个城堡的？"胖子的声音软下来了，问，嘴里仍嚼着焦糖。

"这太容易了。随便查一查登记资料和档案材料就可以了——我们这些记者完全可以办得到。你看，塔施先生，我没有等到一月十日就开始对你感兴趣了。我研究你已经花了好几年时间。"

"你太狡猾了！你一定这样想：'这老头活不了多久了，

让我们准备给他送葬吧！'不是吗？"

"不要再一边嚼焦糖一边说话了！这让人恶心。我继续讲。我的查找是漫长而冒险的，但不困难。我最后找到了在战场上功名赫赫的塔施家族的最后一批成员的线索：卡西米·塔施和塞雷丝蒂娜·塔施在一九〇九年被圣米歇尔山的潮水淹死，那对年轻夫妇是去那里旅游的。他们结婚两年，留下一个一个月的孩子。我让你猜猜那个孩子是谁。卡西米·塔施的父母知道独生子去世的悲剧时，也伤心而死。结果，塔施家族只剩下小普雷泰克斯塔一个人了。至此，我就很难再查下去了。这时，我灵光一闪，冒出一个念头，寻找你母亲婚前的姓氏。我得知，如果说你父亲出生于一个卑微的家庭，塞雷丝蒂娜却生来就是普拉内斯·圣絮尔皮斯女侯爵，这个家族现在已经断了，我们可不要把它与普拉内斯伯爵和伯爵夫人混淆……"

"你是想跟我讲述一个和我无关的家族的历史？"

"你说得对，我弄错了。让我们回到普拉内斯·圣絮尔皮斯上来吧：这个家族在一九〇九年人数已经不多了，但非常高贵。当他们得知他们的女儿去世的消息时，侯爵和侯爵夫人决定抚养已成孤儿的外孙。所以，你一岁之后是在圣絮尔皮斯城堡长大的。你在那里不但受到奶妈和外公外婆的宠爱，而且受到舅舅西里安和舅妈科西玛·普拉内斯的照顾。"

"这些家系的细节真有意思，引人入胜。"

"是吗？你知道后来怎么样了？"

"怎么？还没完？"

"当然没完。你还不到两岁，而我要一直讲到你十八岁。"

"讲吧。"

"如果你自己说，我就没必要讲了。"

"如果我不想说呢？"

"那就是你有什么要隐瞒了。"

"不一定吧！"

"讲这个问题还为时太早。在这期间，你是一个被家人宠爱的孩子，尽管你母亲嫁了一个比她地位低的人。那座今天已经消失的城堡，我见过图纸。城堡漂亮极了。你一定有过非常幸福的童年！"

"你的小报，是不是叫《观点图像》？"

"你两岁的时候，你的舅舅、舅妈生了他们的独女，莱奥波蒂娜·普拉内斯·圣絮尔皮斯。"

"这样的名字让你感到很吃惊，是吗？你可不能这样叫你自己。"

"是的，可我至少还活着。"

"这对你好处大着呢。"

"我接着讲下去还是由你自己来讲？你的记忆现在应该恢复了。"

"请你接着讲，我听得很高兴。"

"太好了，因为还长得很，远远没有结束！这时，人们给了你唯一缺少的东西：一个同龄的女伴。你永远不会知道，孤独而没有朋友的孩子，日子会是多么难过。当然，你不上学，你永远不会有同学，但你以后的日子会好过得多：有个可爱的小表妹。你们难分难解了。我得给你讲述有关细节吗？"

"我想，你是在做白日梦。"

"不完全是。但想象需要燃料，塔施先生，这种燃料，我得感谢你。"

"不要讲讲停停，告诉我，我的童年是怎样的，我已经开始流泪了。"

"你在开玩笑，亲爱的先生。会让你流泪的。你的童年十分幸福，你拥有人们所梦想的一切。还不止呢！你有一座城堡、广阔的庄园，里面有湖，有森林，有马匹，物质条件非常优越，亲戚们收养了你，溺爱你，家庭教师很威严但常常生病，用人们很喜欢你，尤其是你有莱奥波蒂娜。"

"对我说实话吧，你不是记者。你是在寻找材料，写一本大团圆结局的程式化爱情小说。"

"大团圆结局的程式化爱情小说？这正是我们将要看到的东西。我接着讲我的故事。当然，一九一四年，战争爆发了，但孩子们与战争没有多大关系，尤其是有钱人家的孩子。你在你的天堂里觉得那场战争十分可笑，它丝毫都不会影响你漫长而缓慢的幸福生活。"

"亲爱的，你真会讲故事，无与伦比。"

"没你会讲。"

"请继续。"

"时间过得很慢。童年是一段极缓慢的经历。对成年人来说，一年算得了什么？但对一个孩子来说，一年就是一个世纪。对你来说，那些日子是用金子和银子铺成的。律师们说，童年太不幸，长大以后犯了罪可以原谅。研究了你的家史以后，我觉得童年太幸福，长大以后犯了罪也可以原谅。"

"你为什么想让我犯了罪也可以被原谅呢？我不需要。"

"走着瞧吧！莱奥波蒂娜和你从来不分开，你们俩谁没有谁都活不下去。"

"表兄和表妹，老掉牙的故事。"

"关系如此亲密，我们还能说是表兄和表妹吗？"

"哥哥和妹妹，如果你喜欢的话。"

"那就是相亲相爱的哥哥和妹妹。"

"你感到震惊吗？名门世家都是这样的。历史可以证明。"

"我想，还是由你来把故事讲下去吧！"

"我不会讲的。"

"你真的要我讲下去吗？"

"你在强迫我。"

"我太想强迫你了，但故事讲到这里，还只是你最精彩、最大胆然而最不为人所知的故事中最苍白、最平庸的一段。"

"我喜欢最苍白、最平庸的段落。"

"如果你喜欢这样，那算你倒霉。说真的，你觉得我有道理吗？"

"什么有道理？"

"把这部小说划分到你有两个女人而不是三个女人的作品当中。"

"亲爱的，你说得完全有道理。"

"这样的话，那我就什么都不怕了。剩下的都是瞎编的了？"

"剩下的才是我真正的作品。那时，我没有别的纸，只有我的生活，没有别的墨水，只有我的鲜血。"

"或者是别人的鲜血。"

"她不是别人。"

"那她是谁？"

"这是我到现在也没弄清楚的事。但她不是别人，这一点千真万确。亲爱的，我一直在等你说下去。"

"是这样。岁月流逝，事事顺利，太顺利了。你和莱奥波蒂娜两耳不闻窗外事，心里只有对方。然而，你意识到这种生活是不正常的，你太幸福了，你在伊甸园深处开始产生你所谓的'精英的忧虑'。其内容如下：'这样完美的事情能持续多久呢？'这种忧虑，如同所有的忧虑一样，在使你达到极乐的同时又危险地让你忧伤，越来越危险。又过去了好多年。你十四岁了，你的表妹十二岁。你们到了童年的尽头，也就是图尼埃①所谓的'童年完全成熟'。在梦一般的生活的熏陶下，你们成了梦一般的孩子。没有任何人跟你提起，但你隐约知道一场可怕的堕落正等待着你们。它将抓住你们理想的身体和同样理想的性情，把你们变成痛苦的粉刺。我怀疑这就是即将产生的那个疯狂计划的起源。"

"是这样，你已经试图证明我的同谋是无罪的了。"

---

① 米歇尔·图尼埃（1924—2016），法国作家，当代著名的新寓言派文学的代表人物。1967年发表《礼拜五或太平洋上的虚无缥缈之境》，获法兰西学院小说大奖；1970年发表《桤木王》，获得龚古尔文学奖；1972年当选为龚古尔学院院士。主要作品有哲理小说《皮埃罗或夜的秘密》《阿芒迪娜或两个花园》等。

"我不知道我该拿什么东西来证明这种同谋无罪。主意是你出的，不是吗？"

"是的，但出那个主意并没有罪。"

"起初是没有罪，后来却有了罪，尤其是因为它迟早都行不通。"

"这么说吧，后来行不通。"

"不要心急。你十四岁了，莱奥波蒂娜十二岁了。她对你非常忠诚，你可以对她随心所欲，让她做任何事情。"

"并不是任何事情。"

"这就更糟了。你让她相信青春期是最大的罪恶，但不可避免。"

"是这样。"

"你现在还这样认为？"

"我一直这样认为。"

"这么说，你一直是个疯子。"

"在我看来，只有我一个人一直这么明智。"

"当然啦，十四岁的时候，你就已经这么明智了，所以你庄严地决定永远不长大。你对你表妹的影响太大了，以至于你让她发誓跟你一样。"

"这不好吗？"

"这要看情况，因为你已经是普雷泰克斯塔·塔施了，你在你荒唐的誓言中加上了同样荒唐的违誓罚则。明白地说，你发誓，并且让莱奥波蒂娜也发誓，如果你们两人当中有一人违背誓言，变成了大人，对方就可以将其杀死，没有二话可说。"

"才十四岁，就已经这么伟大。"

"我猜想，有许多别的孩子都不想成为大人，结果不一，但往往没把握。然而，你们俩似乎成功了。真的，你们做出了一个非同寻常的决定。而你，你这个始作俑者，想出了各种各样的反科学的办法，让你的身体不发育。"

"并不是那么反科学，因为它还是有效的。"

"咱们走着瞧。我纳闷，经过这种治疗，你怎么还能活下去。"

"我们很幸福。"

"多大的代价呀！你着了什么魔，去寻找如此疯狂的教训。不管怎么说，你才十四岁，可以把它作为借口。"

"如果时间倒转，我还会这样做。"

"现在，你可以以衰老为借口。"

"要相信，我一直很老或一直很小，因为我的心情一直没有变。"

"我对你一点都不感到惊奇。一九二二年，你就已经疯了。你根本就没创造出你所谓的'童年永在保健'。当时，这个词包括心理健康和身体健康两方面的内容：保健是一种意识。你所发明的保健不如说是反保健的，它是那么肮脏。"

"恰恰相反，它非常干净。"

"你相信人是在睡眠中自动成熟的，所以你宣布人不应该再睡觉，或每天睡觉最多不超过两个小时。你觉得像鱼类一样的生活对保持童年非常理想。从此，你和莱奥波蒂娜整天整夜都在庄园的湖中游泳，有时，甚至冬天也游。你们吃得非常少。有的食品是被禁食的，有的食品则被鼓励多吃，按照在我看来奇幻无比的原则：你不吃被认为太'成人化'的食物，如橙汁鸭子、螯虾酱浓汤和黑色食物；相反，你鼓励吃被认为不适合当食物的有毒蘑菇，比如说牛屎菇，你一吃就是几个月。为了不让自己睡觉，你弄了好多箱极浓的肯尼亚茶，因为你听你外婆说过它的坏处。你的茶浓得像墨水，你大杯大杯地喝，也同样让你表妹喝。"

"她完全是自愿的。"

"不如说她爱你。"

"我也是，我也爱她。"

"以你的方式。"

"你不同意我的方式吗？"

"同意。"

"也许你觉得别人会做得更好？我不知道还有什么比他们所谓的爱更邪恶的东西了。你知道他们把什么叫作爱吗？让一个不幸的女人受奴役、发胖、变丑，这就是男性所谓的爱。"

"你现在冒充女权主义者？我从来没有觉得你这么不可信。"

"天哪，你笨得要死。我刚才所说的与女性主义背道而驰。"

"这一次你为什么要把话说得这么明白？"

"可我一直把话说得非常清楚！是你拒绝承认我爱的方式是最美的。"

"我在这一点上的看法无足轻重。相反，我希望知道莱奥波蒂娜对这个问题是怎么想的。"

"由于我，莱奥波蒂娜成了世界上最幸福的人。"

"最幸福的什么？最幸福的女人？最幸福的疯子？最幸福的病人？最幸福的受害者？"

"你根本就没明白这个问题。由于我，她成了最幸福的孩子。"

"孩子？十五岁的孩子？"

　　"一点没错。在女孩变得可怕、虚伪、聪明、易怒、愚蠢、长青春痘、屁股发胖、腰身变粗、脾气变坏、身上长毛、发出臭味，一句话，到了女人最可怕的年龄时，莱奥波蒂娜还是个最美丽、最幸福、最无知也是最博学的孩子——她是个最幼稚的孩子，这完全是因为我。由于我，我所爱的女孩躲过了当女人的长期痛苦。你能找到比这更美好的爱吗？"

　　"你能完全肯定你的表妹确实不想成为女人吗？"

　　"她怎么可能想成为女人呢？她可没这么傻。"

　　"我不希望你反问我，我只是问你她有没有对你说过。有还是没有？说清楚，她有没有对你说'普雷泰克斯塔，我宁愿死也不愿长大'？"

　　"她没必要对我说得这么清楚，这是不言而喻的。"

　　"不出我所料：她从来就没有同意过。"

　　"我再跟你重复一遍，没这个必要。我知道她想要什么。"

　　"你更知道你想要什么。"

　　"她和我的愿望是相同的。"

　　"当然。"

　　"你这是什么意思，自命不凡的小女子？也许你认为你比我更熟悉莱奥波蒂娜？"

　　"我越说便越觉得是这样。"

"听见总比装聋作哑好。你这个女人，我要告诉你一件你肯定不知道的事情：你明白吗？没有人比凶手更了解被他杀害的人了。"

"终于说到点子上了。你承认了？"

"承认？这不是承认，因为你已经知道我杀了她。"

"你想想，我还有最后一件事不明白。很难相信一个诺贝尔奖获得者会是个杀人犯。"

"怎么？你不知道杀人凶手最有可能得诺贝尔奖？你看看基辛格、戈尔巴乔夫……"

"是的，可你是诺贝尔文学奖获得者啊！"

"一点没错。诺贝尔和平奖获得者往往是杀人犯，诺贝尔文学奖获得者永远是杀人犯。"

"没办法好好跟你说话。"

"我从来没有像现在这样认真过。"

"梅特林克、泰戈尔、皮兰德娄、莫里亚克、海明威、帕斯捷尔纳克、川端康成都是杀人犯吗？"

"你不知道？"

"不知道。"

"那我刚才教了你一些东西。"

"你可以告诉我你的消息来源吗？"

"普雷泰克斯塔·塔施不需要消息来源,消息来源对别人来说才重要。"

"我明白了。"

"不,你什么都没有明白。你调查我的历史,查阅我的档案,你很惊奇地发现我竟是个杀人犯。我不是杀人犯才让人惊讶呢!如果你同样细心地查阅诺贝尔奖档案,你肯定会发现一大串谋杀案。否则,谁会颁给他们诺贝尔奖?"

"你指责前面那几个记者颠倒了因果关系。你没有颠倒,但你把因果关系搞得乱七八糟。"

"我很慷慨地通知你,如果你想在逻辑方面跟我较量,你必输无疑。"

"考虑到你所谓的逻辑,我不表示怀疑。但我不是到这里来跟你辩论的。"

"那你为什么来?"

"为了证明你是杀人犯。谢谢你消除了我的最后一个疑虑:我吓着你了。"

胖子爆发出一阵让人厌恶的大笑。

"吓着我了!妙极了!你以为你能吓得到我吗?"

"我完全有理由相信能吓得到你,因为我已经吓到你了。"

"可怜的、愚蠢的、自命不凡的小女人,要知道,吓唬就是勒索。不过，你没什么可勒索的，因为我一开始就把真相告诉你了。我为什么要隐瞒我是个杀人犯呢？我对法庭没什么好怕的，我活不了两个月了。"

"那你死后的名声呢？"

"我死后的名声只能更好。我已经想象到书店的橱窗里写着：'诺贝尔文学奖获得者普雷泰克斯塔·塔施是个杀人犯。'我的书畅销得像小面包。我的出版商们拍手称快。相信我，这场谋杀对大家来说都是一件好事。"

"甚至对莱奥波蒂娜来说也是一件好事？"

"对她来说更是一件好事。"

"让我们回到一九二二年吧。"

"为什么不是一九二五年呢？"

"你想让事情进展得快一点。但不该省略那三年。那三年很关键。"

"是的，很关键，但没法讲。"

"但你知道怎么讲。"

"不，我把它们写了出来。"

"别玩文字游戏了，好不好？"

"你对一个作家说这种话？"

"站在我面前的不是作家，而是一个杀人犯。"

"那是同一个人。"

"你敢肯定？"

"作家和杀人犯是同一种职业的两个方面，同一个动词的两种变位。"

"哪个动词？"

"最罕见、最艰难的那个动词——'爱'。我们的语法教学常常以这个意思最难懂的动词做范例，这不是很可笑吗？如果我是教师，我会用一个更容易的动词换掉这个难懂的动词。"

"那个动词是'杀'？"

"'杀'这个动词也不容易。不，选择一个普通的动词，比如说'投票''分娩''采访''工作'……"

"谢天谢地，幸亏你不是教师。你知不知道，让你回答一个问题难死了。你有本领避而不答，改变话题，胡编乱扯。我必须继续提醒你要遵守规则。"

"我以此为荣。"

"这回，你再也躲不掉了：一九二二年到一九二五年，我让你自己说。"

令人压抑的沉默。

"你要焦糖吗？"

"塔施先生，你为什么提防我？"

"我没有提防你。而且，说实话，我不知道跟你说什么。我们非常幸福，我们真诚相爱。除了这些蠢话，我还能说什么？"

"我会帮你的。"

"我等待最坏的结果。"

"二十四年前，过了文学更年期后，有部小说你没有写完，为什么？"

"在此之前，我已经告诉过你的一个同事。所有尊重自己的作家至少都应该留下一部没有写完的小说，否则，他就不可信。"

"生前发表未完成的小说的作家，你认识很多吗？"

"我一个都不认识。也许我比别人更聪明。我生前得到了普通作家死后才能得到的荣誉。如果是一个无名作家，小说没写完，那就是笨拙，不成熟；如果是一个知名大作家，小说没写完，那就太精彩了。那就是'才智中断''巨大的忧虑发作''面对难以描述的东西感到目眩''未来之书马拉美式的幻觉'——总之，有价值。"

"塔施先生，我想，你根本就没明白我的问题。我没问你为什么留下了一部没有写完的小说，而是问你为什么这部小说没有写完。"

"是这样，我写着写着，突然发现我还没有写过一部我的名声所需的未完成的作品。这时，我的目光落在我的手稿上，我想，为什么不是这一本呢？于是，我放下了钢笔，再也没有多加一行。"

"别指望我会信你。"

"为什么？"

"你说：'我放下了钢笔，再也没有多加一行。'你最好说：'我放下了钢笔，没有再写一行。'三十六年间每天都写作的你，在写了这部未完成的作品之后，再也不想写了，这不是很让人惊讶吗？"

"我总有一天要停止写作吧？"

"是的，但为什么是那天？"

"这是一种跟衰老一样正常的现象，别在它后面寻找什么隐藏的意义。那时我已经五十九岁了，我退休了。还有比这更正常的吗？"

"朝夕之间，再也不写了：衰老难道是一夜之间来临的吗？"

"为什么不呢？人不是每天都在衰老的。人有可能十年二十年都没有衰老，然后，没有明确的理由，两个小时之内就老了二十岁。要知道，你也会这样的。一天晚上，你照着镜子，想：天哪，从今天早上起我老了十岁！"

"真的没有明确的理由？"

"没有别的理由，时间突然消灭了一切。"

"时间是个好借口，塔施先生。你狠狠地给了它单手一击——我甚至要说，是双手一击。"

"手，是作家的快乐所在。"

"手，也是掐死人的凶手的快乐所在。"

"事实上，掐人是一件很愉快的事情。"

"对掐人者来说还是对被掐者来说？"

"无论是掐人还是被掐，我一概不知。"

"别失望。"

"你这是什么意思？"

"我一无所知。你的愉快让我失去了知觉。塔施先生，请你跟我谈谈这本书吧！"

"不可能，小姐，该由你来谈。"

"在你所有的作品中，我最喜欢那一本。"

"为什么？因为有城堡，有贵族和爱情故事？你真是一个女人。"

"我喜欢爱情故事，这是真的。我常常会想，除了爱情，没有任何东西是有趣的。"

"一点没错。"

"你想讽刺就讽刺吧，你无法否认你写了那本书，而这本书讲的是一个爱情故事。"

"你爱怎么说就怎么说。"

"而且，这是你写的唯一的爱情故事。"

"你对我的书很了解。"

"亲爱的塔施先生，我再问你一个问题：你为什么不写完这本书？"

"也许是想象中断。"

"想象？你写这本书不需要想象，你在讲述真实事件。"

"你怎么知道？你到这里不是来调查的吧？"

"你杀了莱奥波蒂娜，不是吗？"

"是的，但这不能证明其他事情是真的。其他事情是虚构的，小姐。"

"可我认为那本书中的一切都是真的。"

"如果你愿意你就这样认为吧！"

"除此以外，我还完全有理由相信，这本小说完全是自传性的。"

"完全有理由？说给我听听，让我也乐一乐。"

"档案证明，确实有你描写得非常准确的那座城堡。人物跟现实生活中的人物名字一样，当然，你的名字除外。费雷蒙·特拉塔杜是个大家一看就明白的假名——起首字母是有依据的。最后，登记材料证实莱奥波蒂娜死于一九二五年。"

"档案、材料，这就是你所谓的真实？"

"不是，但如果你尊重明显的事实，我就可以非常有理由地得出结论说，你也很尊重更隐秘的现实。"

"理由不充分。"

"我还有其他理由：比如说风格，比你以前的小说要具体得多。"

"这个理由更没有说服力。印象所产生的批评意义不会有做证的价值，尤其是在风格方面。一谈到作家的风格，像你这样的蠢货便开始瞎扯。"

"最后，我还有一个极具说服力的证据，它有说服力得都不像是证据了。"

"你在跟我胡说些什么？"

"那不是证据，而是一张照片。"

"照片？什么照片？"

"你知道为什么从来没有人怀疑这部小说是一部自传体小说吗？因为主要人物费雷蒙·特拉塔杜是一个漂亮的小伙子，身体修长，长相英俊。你曾对我的同事说，十八年来，你一直这么丑，这么胖，这并不完全是在撒谎。让我们这样说吧，你由于疏忽而撒谎，因为以前你一直很英俊。"

"你是怎么知道的？"

"我找到了一张照片。"

"这不可能。一九四八年以前，我从来没照过照片。"

"很抱歉，我现在当场发现你的记忆力有问题。我找到了一张照片，照片的背后用铅笔写着'一九二五年摄于圣絮尔皮斯'。"

"给我看看。"

"你向我保证你不把它撕毁我才给你看。"

"我看，你是在吓唬我。"

"我不是在吓唬你。我去圣絮尔皮斯了。我很遗憾地告诉你，旧城堡已荡然无存，人们在那里建了一个农业合作社。庄园中的大部分湖泊都已被填平，山谷变成了公共垃圾场。很抱歉，我对你没有任何同情。我在现场询问了许多遇到的老人。他们还记得城堡和普拉内斯·圣絮尔皮斯侯爵。他们甚至还记得被外公外婆收养的那个小孤儿。"

"我在想，那些群氓怎么可能想得起我，我从来就没有跟他们接触过。"

"接触有多种多样。他们也许从来没有跟你说过话，但他们见到过你。"

"不可能，我从来不出庄园。"

"可有朋友拜访你的外公外婆、舅舅舅妈。"

"他们从来没有拍过照片。"

"错了。听着，我不知道这张照片是在什么情况下拍的，也不知道是谁拍的——我的解释只是一种假设，但这张照片确实存在。你和莱奥波蒂娜站在城堡前。"

"和莱奥波蒂娜一起？"

"一个深色头发的女孩，很漂亮，只能是她。"

"把照片给我看看。"

"你会拿它怎么办？"

"我要你把照片给我看看。"

"这是一个年龄很大的村妇给我的。我不知道这张照片是怎样落到她手里的，但这不重要。那两个孩子的身份无可置疑。孩子，是的，是孩子，你那时虽然已经十七岁了，但一点都没有青春期的迹象。这太奇怪了，你们俩都很高大、瘦长、苍白，但你们的脸和你们修长的身躯完全像个孩子。而且，你们看起来都不正常，好像是两个十二岁的巨人。然而，结果很不错：瘦瘦的样子、天真的眼睛、相对脑门来说过小的脸、小孩似的身躯、又细又长的大腿——真应该把它们画下来。

必须相信，你们疯狂的保健格言是有效的，牛屎菇是美容秘方。最让人震惊的人是你。让人认不出来！"

"如果说我让人认不出来，你又怎么知道那就是我？"

"我看不可能是其他人。而且，你的皮肤还是那么白，那么光滑，没有毛发。你漂亮极了，你的模样非常纯洁，四肢非常精美，一点都没有性欲——天使最多也只能是这个样子。"

"别再跟我说这些废话了，好不好？把照片给我看看，不要胡说八道。"

"你怎么能变化这么大？你曾说，十八岁的时候，你就已经是现在这个样子了。我就相信你吧，但这样一来，就更让人惊讶了：你怎么可能在不到一年的时间里，把你天使般的面容变成了我现在所看到的这副可怕的模样？因为你不仅体重增加了三倍，你那么细腻的脸也变得粗俗不堪，漂亮的身材变得又粗又胖，真是要多难看有多难看……"

"你快骂完了吧？"

"你很丑，这你自己知道得很清楚。而且你也不断地用最卑劣的形容词来形容自己。"

"我非常喜欢这样用恶毒的词来形容自己，但我不允许别人这样做，明白吗？"

"我不需要你的允许。你很可怕，仅此而已。人这么漂亮，却又那么可怕，那真是太不可思议了。"

"没什么不可思议的，这□事很常见。只是，通常没这么快。"

"好了，你刚才又承认了。□"

"是吗？"

"是的。你对我说这句话□时候，你清楚地意识到我说的话是真的。十七岁的时候，你□完全像我所描述的那样了，可惜，确实没有任何照片记录下□当时的模样。"

"这我知道，但你怎么能把□描写得这么准确？"

"我只是在你的小说中把□□写费雷蒙·特拉塔杜的段落摘录了下来。我想看看你是□□你所描写的人物一样：想知道这一点，我没有别的办法□只好吓唬你，因为你拒绝回答我的问题。"

"你是一个找骂的肮脏小□人。"

"找骂，这很有用，我□□已清楚地知道，你的小说完全是自传性的。我完全有理□感到自豪，因为我拥有大家都有的材料，但只有我一个人□现它是真实的。"

"是这样的，你自豪吧！"

"那么，我再把我的第一个问题问一遍：为什么《杀手保健》这本小说没有写完？"

"对啦，我们刚才想不起来的就是这本书。"

"别假装惊讶，如果你不回答我的问题，我便一直不断地问你：'为什么这本小说没有写完？'"

"你可以用一种更加玄奥的方式来问这个问题：为什么这本没写完的作品是部小说？"

"我对你的玄奥不感兴趣。回答我的问题：为什么这部小说没有写完？"

"天哪！你真烦！难道这本小说没权不写完？"

"权不权与此事无关。你写了些真实事件，用了真实的结局。那么，为什么不写完这本小说呢？杀死莱奥波蒂娜之后，你停留在真空中。结束这件事情，好好地给它画上句号有那么难吗？"

"难？愚蠢的女人，你要知道，对普雷泰克斯塔·塔施来说，没有难写的东西。"

"一点没错。所以这种虎头蛇尾就显得更加荒谬。"

"你以为自己是什么人，敢断言我的决定荒谬？"

"我并没有断言，我只是在寻思。"

这个老人突然露出了一个八十三岁老人的神色。

"在寻思的并不是你一个人。我也在寻思，可我找不到答案。我本来可以为我的这本书选择几十个结尾：要么是凶杀本身，或者是凶案发生后的夜晚，或者是我身体上的变化，或者是一年后城堡发生大火……"

"你后来写了火灾，是吗？"

"当然。没有莱奥波蒂娜，圣絮尔皮斯变得令人难以忍受了。而且，我开始成为家人怀疑的目标，我痛苦极了。于是，我决定离开城堡和住在城堡里的人。我很难相信城堡会被烧得这么干净。"

"显然，你并不尊重人的生命，可你在烧毁一座十七世纪的城堡的时候，难道一点都没有犹豫吗？"

"犹豫从来不是我的强项。"

"是的。让我们回到结尾上来吧，或者再谈谈所缺的结尾。这么说，你是不知道没有写完的理由了？"

"在这一点上，你可以相信我。是的，我想选择一个漂亮的结尾，但遇到了困难，我觉得任何一个结尾都不合适。我不知道，我好像是在等待别的东西，二十四年来我一直在等待。如果你愿意，你也可以说七十年来我都在等待。"

"别的什么东西？莱奥波蒂娜复活？"

"如果我知道，我就不会停止写作了。"

"这么说，我有理由把这本没有写完的书与你著名的文学更年期联系起来。"

"你当然有理由，有什么可骄傲的？当记者，只需一点小聪明，而如果是作家，情况就不同了。你的职业要容易得多，我的职业却充满危险。"

"而你让它变得更加危险了。"

"这种奇怪的恭维有什么用？"

"我不知道这是不是一种恭维，不知道你刚才所做的表露是值得赞美还是失去了理智。你能告诉我那天你着了什么魔，竟决定忠实地讲述对你来说不但最珍贵而且最有可能把你送上法庭的故事吗？你出于什么卑劣的心理，用最美的文笔，极清晰地向人类做了自我揭发？"

"去它的人类吧！要知道，这部小说在图书馆里躺了二十四年，没有一个人，你明白吧，甚至没有一个人向我提起过。这很正常，因为正如我所说的那样，谁也没有读过。"

"我呢？"

"可以忽略不计。"

"你有什么证据证明，世界上就没有别的像我这种可以忽略不计的人了？"

"有个极好的证明：除了你，如果别的人读了我的书——我是说读，真正意义上的读，我早就进监狱了。你向我提了一个非常有趣的问题，但我感到惊讶的是，你为什么没有一

眼就看清答案。这是一个漏网四十二年的出色的凶手。一直
没有人知道他所犯的罪行，他成了一个著名作家。这个有病
的人没有去享受这种舒适的环境，而是荒谬地来打赌了，因
为他什么都有可能输掉，却没有什么可赢的——没有什么可
赢的，除了最具喜剧性的暴露。"

"让我来猜一猜吧：他想表明没有一个人读过他的书。"

"不仅如此，他还想表明，哪怕是极少数读过他的书的
人——确有其人——读了也等于没读。"

"这一点非常清楚。"

"是这样。你知道，总有那么一些没事干的人，食素者、
稚嫩的批评家、患了受虐狂病的人，或者是其他好奇者，他
们非要把自己买的书读完不可。我想考验的就是那些人。我
想证明，我可以写出关于我自己的最恐怖的东西而不受惩罚。
这种自我揭发，这个词你用得很准，它完全是真实的。是的，
小姐，你从头到尾都有道理：在这本书中，没有任何一个细
节是编造出来的。我们当然可以替读者找到一些借口，比如
说，谁也不了解我的童年，这并不是我写的第一部可怕的书，
怎么想得到我当年会那么英俊，等等。可是我认为，这种借
口是站不住脚的。你知道吗？二十四年前，我在一份报纸上
读到一篇关于《杀手保健》的评论：'一个充满象征的童话，

对原罪梦一般的隐喻，由此暗示人类的生存状况。'我跟你说过他们读了我的书就像没读过一样。我可以写一些最危险的真事，而别人永远会把这当作暗示。这一点都不奇怪。那些假读者，穿着潜水服，穿过我最血淋淋的句子而身上滴血不沾。他们会时不时兴奋地大喊：'多美的象征啊！'这就是人们所谓的阅读。这是一种绝妙的发明，十分适合睡觉前在床上看。它使人平静，并且不脏床单。"

"你喜欢别人在屠宰场读你的书，还是喜欢他们在炮弹横飞的巴格达读你的书？"

"不，笨蛋，问题不在于读书的地方，而在于阅读本身。我很希望别人读我的书时不要穿蛙人的潜水服，不要镂空纸板，不要注射疫苗，真的，不要副词。"

"你必须知道，这种阅读不存在。"

"我起初并不知道，但现在，根据我出色的展示，请相信，我知道了。"

"那又怎么样？想到有多少读者，就有多少人读你的书，这不是很快活吗？"

"你根本就没有懂我的意思：没有读者，也没有人读我的书。"

"不，有些作品的读法和你的作品不一样，仅此而已。

为什么你的作品是唯一可以读懂的呢？"

"啊，行了，别再给我背诵你的社会学手册了。而且，我想知道，你的社会学手册对我所创造的有教益的情形有什么可说的：一个作家凶手公开坦白了，但没有一个读者有足够的智慧发现这一点。"

"我才不在乎那些社会学家的观点呢！我想，读者又不是警察，如果说，你的书出版以后，没有人找你的麻烦，这就是一个好迹象：这说明富基耶–坦维尔①不再时髦了，人们思想开放，能够进行文明的阅读了。"

"啊，我明白了，你像其他人一样堕落了。我刚才还傻呆呆地以为你与众不同呢！"

"可你应该相信，我有点与众不同，因为，在世界上，只有我一个人能发现这一真相。"

"应该承认，你的嗅觉很灵，仅此而已。你看，你让我失望了。"

"这几乎是一种恭维。在某些时候，我可以引出你的高见，我可以这样理解吗？"

"你会笑的，是这样。你像别人一样没有免俗，但你有

---

① 富基耶–坦维尔（1746—1795），法国大革命时期的公共检察官，后在热月政变中被处死。

一种极罕见的优点。"

"我非常渴望知道是什么优点。"

"我想这是一种天生的优点，而且，我放心了，因为我发现你经验不足、缺乏智慧，没能破坏这种优点。"

"这到底是一种什么优点？"

"至少，你识字，能读书。"

沉默。

"你今年多大了，小姐？"

"三十。"

"比莱奥波蒂娜死的时候大一倍。我可怜的小东西，好了，你可以得到原谅了：因为你活得太长了。"

"什么？需要原谅的是我？世界颠倒了。"

"你要明白，我正在寻找一种解释。站在我面前的是一个思想敏锐、具有罕见阅读才能的人。于是，我在寻思，什么东西会玷污如此出色的才能。刚才，你给了我一个回答：时间。三十年。这太长了。"

"这是你这样年纪的人该说的话吗？"

"小姐，我十七岁就死了。而且，对男人来说，必须另当别论。"

"我们说到一块了。"

"没必要装出一副嘲讽的样子，我的小东西。你知道得很清楚，这是真的。"

"什么东西是真的？我想听你说个明白。"

"算你倒霉。好了，听着，男人有权苟延残喘，女人可不行。在这一点上，我比别人要清楚得多，坦率得多。大部分男人在忘记女人之前，还多多少少让她们活上一段时间，这比把她们杀死更显得胆小。我觉得这种延期是荒谬的，甚至对女人来说是不忠诚的。由于这种延期，她们会以为别人需要她们。事实上，一成为女人，一长大成人，她们就应该死。如果男人具有绅士风度，他们应该在她们第一次来月经时就杀死她们。但男人从来就缺乏这种风度，他们宁愿让那些不幸的女人在痛苦中挣扎，也不愿行行好把她们杀死。我只知道有一个男人有如此广阔的胸怀，有如此巨大的爱情，如此可敬、如此真诚、如此礼貌地做到了这一点。"

"这个男人就是你。"

"一点没错。"

女记者笑得前仰后合。笑声响亮、沙哑，越来越高，越来越快，连续不断，让人窒息。这完全是一种狂笑。

"这值得你笑吗？"

"……"

她笑得没有办法回答。

"狂笑，这又是女人的一个毛病。我从来没有见过一个男人在这种情况下会笑得跟女人一样直不起腰来。这一定是从子宫里带来的，生命中所有肮脏的东西都是从子宫里来的。小女孩没有子宫，我想，或者，她们有子宫，但那是一个玩具，是一个活像子宫一样的东西。一旦假子宫变成了真子宫，那就应该把小女孩杀死了，免得她们像你现在这样可怕而痛苦地歇斯底里。"

"啊！"

这声"啊"是疲惫的、病态的、痉挛的腹部发出的叫声。

"可怜的小姑娘，人们对你太残酷了。那个浑蛋是谁？他怎么没有在你发育的时候就杀死你？不过，也许你当时并没有真正的男友。唉，恐怕只有莱奥波蒂娜有这样的运气。"

"住口，我再也听不下去了。"

"我理解你的反应。真相发现得太迟了，突然意识到自己不配活着，这一定是个巨大的打击。你的子宫已经满了，再也经不起任何打击了！可怜的小女人，被胆怯的男人放过的可怜的造物！请相信，我同情你。"

"塔施先生，你是我所见到过的最让人惊讶、最滑稽的人。"

"滑稽? 我不明白。"

"我赞赏你。能创造一种既如此愚蠢又如此和谐的理论,真是太了不起了。我一开始还以为你要跟我讲一堆大男子主义的愚蠢而平庸的故事呢。刚才我小看你了。你的解释既宏大又微妙: 说消灭女人不就得了吗?"

"说得对。如果没有女人,事情最终就会对女人有利了。"

"这种结论太巧妙了。以前为什么没有人想到这一点呢?"

"在我看来,有人已经想到了,但在我之前,谁也不敢把这个计划付诸实施。因为,说到底,这个想法谁都会产生。女权主义和反女权主义是人类的伤口,治疗它的药非常明显、简单、合理: 必须杀死女人。"

"塔施先生,你真是个天才。我很赞赏你,遇到你我感到非常荣幸。"

"我会让你感到吃惊的。我也是,很高兴见到你。"

"你说的不是实话。"

"恰恰相反。你赞赏的是现在的我,而不是你想象中的我,这是一个良好的开端。我知道我能帮你的大忙,我对此很高兴。"

"什么忙?"

"怎么？你不知道什么忙？以后就会知道的。"

"如果我没弄错的话，你是想把我也杀死？"

"我现在认为你配。"

"这样的赞扬让我受不了，塔施先生。请相信我很慌张，但是……"

"我看见你满脸通红。"

"别费这个劲了。"

"为什么？我想你配。你比我开头以为的要好得多。我非常想帮你死。"

"我很感动，但不劳大驾了。我不希望你因为我而惹麻烦。"

"你看，我的小东西，我什么危险都没有：我只能活一个半月了。"

"我不希望你死后的名声由于我的过错而被玷污。"

"玷污？这么好的事情怎么会玷污我的名声？恰恰相反。人们会说：'普雷泰克斯塔·塔施在临死前不足两个月还做好事。'我将是人类的榜样。"

"塔施先生，人类不懂得你。"

"唉，我想你这话又没道理了。不过，人类和我的名声对我来说并不重要。小姐，你要知道，我太尊重你了，以至于想为你一个人无私地做一件善事。"

"我想你太抬举我了。"

"我不这样认为。"

"睁开眼睛看看，塔施先生，你不是说我很丑、很蠢、很脏，可以去死了吗？我是个女人，仅仅这一点不就足以让我名誉扫地了吗？"

"从理论上来讲，你所说的一切都是对的。不过，小姐，还有件奇怪的事：理论现在已不足够了。我现在正遇到另一个问题，我感到了六十六年来没有体验过的甜蜜的激情。"

"睁眼看看，塔施先生，我不是莱奥波蒂娜。"

"当然不是，不过，你跟她区别不大。"

"她像仙女那么美，而我在你眼里是那么丑。"

"现在，这已经不完全正确了。你的丑当中不缺乏美，有时你就很美。"

"有时？"

"这种有时是经常性的，小姐。"

"你觉得我很蠢，你不可能尊重我。"

"你为什么要这么急切地贬低自己？"

"原因非常简单：我不想让一个诺贝尔文学奖获得者杀死我。"

胖子的脸突然变得非常冷漠。

"你也许喜欢让一个诺贝尔化学奖获得者杀死你？"他用一种冰冷的声音问。

"太滑稽了。我不想让人杀死我，不管他是诺贝尔奖获得者还是杂货商人。"

"这么说，你是想自杀啦？"

"塔施先生，如果我想自杀，我早就自杀了，不会等到今天。"

"是这样。你也许以为自杀很简单。"

"我什么都不以为，这与我无关。你可以想象一下，我根本就不想死。"

"你说的不是实话。"

"想活着就那么反常吗？"

"没有比想活着更令人赞叹的了。可是，可怜的小笨蛋，你并没有活着，你永远不会活着。你不知道女孩在长大成人的那天就死了吗？糟糕的是，她们死了，但并没有消失。她们离开了人间，但并不是去美好的冥界，而是艰苦而可笑地对下流和肮脏的动词进行变位，不停地变换动词的各种时态和语态，拆掉又复合，什么都不漏掉。"

"是哪个动词？"

"某个像'reproduire'（取其脏义 [1]）这样的动词，如果你愿意，也可以叫'子宫工作'。这既不是死，也不是活，更不是二者之间的状态。这不叫别的，就叫女人。毫无疑问，词汇尽管已习惯于虚伪，也不想称呼如此下流的东西。"

"你凭什么说那就是女人的生命？"

"女人的非生命。"

"生命还是非生命，你根本就不知道。"

"小姐，你要知道，大作家有超自然的能力，能够直接进入别人的生命当中。他们不必出神入化，也不必查阅档案，就可以进入某人的精神世界。他们只需一张纸、一支笔，就可以移印别人的思想。"

"听着，亲爱的先生，如果根据你苍白的结论来判断，我想你的体系是肮脏的。"

"可怜的笨蛋，你想让我上什么当？或者说，你想让自己上什么当？你幸福吗？自我暗示是有界限的。睁开眼睛看看吧！你不幸福，你没活着。"

"你怎么知道？"

---

[1] 此处作者在玩文字游戏。在法语中，sens propre 是"本义"的意思，而 propre 的原意是"干净"。作者在这里用"肮脏"（sale）替换了"干净"（propre），表示"脏义"。reproduire 有"重现""模仿""复制""生殖"等义，取其"脏义"，显然指"生殖"。

"这个问题应该我问你。你怎么知道你是否活着,你是否高兴?你甚至不知道幸福为何物。如果你跟莱奥波蒂娜和我一样,童年是在人间天堂度过的……"

"啊,好了好了,别再以为自己很特别了,所有的孩子都是幸福的。"

"我可不这么肯定。我所肯定的是,没有一个孩子像小莱奥波蒂娜和小普雷泰克斯塔那样幸福。"

记者又仰天大笑。

"这是你的子宫在作怪。好了,我说了什么事情让你觉得这么好笑?"

"请原谅,是那些名字……尤其是你的名字!"

"那又怎么样?我的名字有什么可指责的吗?"

"指责?不,但是,叫普雷泰克斯塔,人们会觉得是一个笑话。我在想,你父母在给你取名字的那天,头脑里在想些什么?"

"我禁止你议论我的父母。坦率地说,我并不觉得普雷泰克斯塔这个名字有什么滑稽的。这是一个跟基督教有关的名字。"

"真的?如果是这样,那就更滑稽了。"

"你这个渎神的女人,别拿宗教开玩笑!我生于二月二十四日，那天是圣普雷泰克斯塔日①。我母亲一时没有灵感，便从日历上找了这个名字。"

"天哪！如果你生于狂欢节，他们不是要把你叫作狂欢节或狂欢了吗？"

"卑鄙的东西，不要再渎神了！你这个白痴，你要知道，圣普雷泰克斯塔是十六世纪鲁昂的一个大主教，是格雷瓜尔·德杜尔的好友。那是一个非常出色的男人，你当然没有听说过。多亏了普雷泰克斯塔，墨洛温家族才得以存在。而且，是他冒着生命危险让墨洛温②娶了布吕纳奥③。这一切都告诉你，这样一个显赫的名字，没有什么可笑的。"

"我并不觉得你的这番历史解释能使你的名字变得不那么可笑。在这方面，你表妹的名字也同样可笑。"

"什么！你竟敢取笑我表妹的名字？我不允许你侮辱她！你是一个卑鄙而虚伪的魔鬼！莱奥波蒂娜是世界上最美、最高贵、最亲切、最令人悲痛的名字。"

"啊！"

"完美无缺。我知道只有一个名字可以与莱奥波蒂娜相

---

① 西历每天都以一个圣徒的名字来命名。
② 法兰克王，创建了法兰克王国的第一个王朝。
③ 布吕纳奥（约534—613），奥斯特拉西亚王后。

比，那就是‘阿黛尔’。”

“是吗？”

“是的。雨果老爹有许多缺点，但有个优点是任何人都无法否认的：他是个有品位的男人。他的作品哪怕是在虚伪地布道，也显得非常美、非常雄伟。他给他的两个女儿取了两个非常漂亮的名字。世界上所有女人的名字与阿黛尔和莱奥波蒂娜相比都黯然失色。”

“这是一个趣味问题，人各有所爱。”

“不，笨蛋！谁在乎像你这样的群氓、盗贼、庸人和普通人的趣味？只有像维克多·雨果和我这样的天才，我们的趣味才重要。而且，阿黛尔和莱奥波蒂娜是基督徒的名字。”

“那又怎么样？”

“我看，小姐你属于那些喜欢异教徒的新派。你会把你的孩子叫作克里斯娜、爱洛因、阿达拉、常、昂佩多克尔、西廷·布尔或阿凯那冬，是吗？可笑。我喜欢基督徒的名字。对了，你叫什么？”

“尼娜。”

“我可怜的小女子。”

“为什么叫我‘可怜的小女子’？”

“又是一个既不叫‘阿黛尔’，又不叫‘莱奥波蒂娜’

的女人。世界是不公平的，你不觉得吗？"

"你很快就会停止对我胡扯的，是吗？"

"胡扯？没有比这更重要的了。不叫'阿黛尔'或'莱奥波蒂娜'，这是最不公正的事情，是一场大悲剧，尤其对你这个取了一个异教徒名字的女人来说……"

"我要打断你的话了，尼娜是个基督徒的名字。圣尼娜生于一月十四日，也就是你第一次接受采访的日子。"

"我在寻思，你拿这种微不足道的巧合想证明什么。"

"并不那么微不足道。一月十四日，我度假回来。就在那天，我得知了你即将离开人世的消息。"

"那又怎么样？你以为这能把我们俩联系起来吗？"

"我什么也没以为，但几分钟前，你跟我说了一些非常奇怪的话。"

"是的，我高估了你。你大大地让我失望了，你的名字对我来说是一种破坏。现在，你在我眼里已经一钱不值了。"

"你看，我对此感到很高兴。那我的生命就可以得救了。"

"你的非生命可以得救，是的，你想拿它来干什么？"

"干所有的事情。比如说，结束这场采访。"

"太振奋人心了。那我可以大发善心，保证你能得到这种殊荣！"

"对了，我问你，你怎么能杀死我？如果你是一个十七岁的机灵的小伙子，杀死一个多情的小女孩很容易。但一个肥胖的老头，要杀死一个怀有敌意的年轻女人，那是天方夜谭。"

"我天真地以为，你对我并无敌意。如果你像莱奥波蒂娜那样爱我，如果你像她那么顺从，衰老、肥胖、笨重就对我没有任何妨碍……"

"塔施先生，我需要你把真相告诉我：莱奥波蒂娜的确是心甘情愿地服从的吗？"

"如果你看到过她是多么顺从，你就不会提这个问题了。"

"我还必须知道她为什么这样顺从：你毒了她、电了她、打了她、教训了她？"

"不，不，不，绝对不。我曾经非常爱她，就像我现在还爱她一样。爱极了。这种爱，不管是你还是别人，任何人都不曾有过。如果你有过这种爱，你就不会向我提那些愚蠢的问题了。"

"塔施先生，你不能替这个故事再想象一个版本吗？你们相爱，这不用说。但这不等于莱奥波蒂娜就想死。如果她想死，也许仅仅是因为爱你，而不是真的想死。"

"这是同一回事。"

"这不是同一回事。她也许太爱你了，以至于不忍心使你不高兴。"

"使我不高兴？我欣赏你使用这种家庭妇女的词来描述一段如此玄奥的时光。"

"对你来说玄奥，对她来说也许并不玄奥。那段时光你是在兴奋中度过的，她却可能是在屈服中度过的。"

"听着，这一点我比你清楚得多，不是吗？"

"轮到我回答你了：没有什么比这更肯定了。"

"嘿！你是作家，还是我是作家？"

"你是作家，正因为如此，我才很难相信你。"

"如果我光口头说，你会相信我吗？"

"我不知道，试试看吧！"

"唉，这可不容易。如果说我把那一刻写了出来，那是因为我无法把它说出来。说不下去才开始写的嘛！从说不出到说得出，其过程是一个巨大的秘密。说话和写作是轮流进行的，而绝不是互相印证。"

"这些思想非常了不起，塔施先生。但我要提醒你，我们谈的是凶杀，而不是文学。"

"有区别吗？"

"它们之间的区别就像重罪法庭和法兰西学术院之间的区别。"

"重罪法庭和法兰西学术院之间没有任何区别。"

"有意思。不过，亲爱的塔施先生，你扯远了。"

"你说得对，那你就讲讲吧！你有没有发现，我从来没有提起过自己的身世？"

"万事总有开头。"

"那是一九二五年八月十三日。"

"这已经是一个非常精彩的开头了。"

"那天是莱奥波蒂娜的生日。"

"多么有趣的巧合啊！"

"你能不能闭嘴？你没看见我正痛苦着，话都说不出来吗？"

"我看见了。我感到很高兴。想到六十六年后，你终于痛苦地回忆起自己的罪行，我心里感到一阵轻松。"

"你像所有的女人一样小心眼，报复心强。你说得对，《杀手保健》中只有两个女人：我外婆和舅妈。莱奥波蒂娜不是女人，她是——她永远是——孩子，一个神奇的孩子，没有性别。"

"但是，我读过你的书。根据书中的内容，她并不是中性人。"

"只有我们自己知道，相爱不必等到青春期，恰恰相反，青春期会糟蹋一切。

"那你就撒谎了，你曾说你是童男。"

"不，正常情况下，男性只有在青春期后才有可能失去贞操。

"我看，你又在玩文字游戏了。"

"绝不是，是你什么都没弄懂。我希望你不要再不停地中断我说话了。"

"你中断了一个生命。所以，你要允许别人中断你的连篇废话。"

"可是，我的废话非常适合你，它大大地方便了你的工作。"

"这倒是不假。好了，讲讲你关于一九二五年八月十三日的废话吧！"

"一九二五年八月十三日，那是世界上最美好的一天。我敢说，每个人在自己的生命中，都有一个一九二五年八月十三日——因为那天不是一个普通的日子，而是一个圣日，是最美丽的夏天中最美好的一天，温暖，有风，空气清新，树木茂盛。凌晨一点，莱奥波蒂娜和我简单地睡了一觉之后，便开始了我们的一天。我们通常只睡一个半小时左右，有人以为我们睡得这么少会感到疲倦，其实根本不是那样。我们太喜欢我们的伊甸园了，以至于常常不想睡觉。直到我十八岁城堡被烧以后，我才开始每天睡八个小时，太幸福和太不幸的人都无法睡那么长时间。莱奥波蒂娜和我最喜欢的就是醒着了。夏天，那就更舒服了，因为我们在外面过夜，睡在森林里，裹着珍珠色的锦缎被，那是我从城堡里偷出来的。首先醒来的人，凝视着还在睡的人，这目光就足以把仍然睡着的人唤醒。

"一九二五年八月十三日，凌晨一点左右，我首先醒来，不一会儿，她也醒来了。我们有足够的时间做在良宵可以做的事情。锦缎被颜色越来越浅，枯叶越来越多，里面的一切都使我们神圣得像高级神父——我喜欢把莱奥波蒂娜称为神圣的孩子，那时，我已经非常有教养，非常虔诚，但仍然迷途了……"

"是这样。"

"我说的是一九二五年八月十三日。一个极其宁静的夜晚，伸手不见五指，温柔极了。那天是莱奥波蒂娜的生日，但这对我们来说没有任何意义。三年来，时间已与我们无关。我们什么都没有改变，只是不可思议地躺着。这种有趣的卧躺，没有改变我们不成熟的、缺少经验的、令人厌倦的、幼稚的性情。我没有在那天早上祝她生日快乐。我觉得自己做得很好，我充分利用了夏天的优势，这是我一生中最后一次有爱的感觉。当时我并不知道，但也许森林知道，因为它一言不发，就像个偷窥的老太婆。后来，太阳照亮了山坡，风刮了起来，吹走了夜晚的浓雾，露出了和我们一样纯洁的天空。"

"真是抒情得很！"

"别打断我。哎，我说到哪儿了？"

"一九二五年八月十三日，太阳升起来了，你们在一起。"

"谢谢，书记员小姐。"

"别客气，凶手先生。"

"我更喜欢我对你的称呼。"

"我更喜欢我对莱奥波蒂娜的称呼。"

"如果你那天上午看见过她就好了！那是世界上最美的美人，一个皮肤雪白光滑、乌发碧眼的公主。夏天，我们往往裸着身体，除了去城堡。我们很少去城堡。庄园很大，常常见不到任何人。白天，我们的大部分时间是在湖中度过的，湖水就像羊膜一样。如果我们从结果来看，这并不那么荒唐。但原因又有什么用？只有这种天天如此的奇迹才是重要的——时间永远凝固了，至少我们是这样认为的。一九二五年八月十三日，当我们傻乎乎地互相凝视时，我们完全有理由相信就是如此。

"那天早晨，像别的早晨一样，我毫不犹豫地潜入湖水之中，我取笑莱奥波蒂娜，她犹豫着，不想回到冰冷的水中。这种取笑是很经常的事，我很喜欢这样，因为我表妹这个时候最好看。她一脚站在湖水里，脸色苍白，冷得大笑，对我发誓说，她再也不下水了，然后，她慢慢地伸出她雪白的双臂，投入我的怀抱，就像电影里的慢镜头一样。她嘴唇青紫，颤抖着如同仙鹤，大眼睛里充满恐惧——她害怕的时候也很好看，结结巴巴地说：'这太可怕了。'……"

"你真是一个可怕的虐待狂！"

"你什么都不懂。如果你懂得开玩笑的艺术，你就会知道恐怖、痛苦，尤其是颤抖是最好的吉兆。当她像我一样来到深水中的时候，寒冷消失了，取而代之的是水的温柔和流动感。那天早上，我们像夏天的每个早上一样，不停地游泳。有时，两人朝湖中最深的地方潜去，睁着眼，看着我们被水中的绿草映绿的身躯；有时，我们浮出水面，比谁游得快；有时，我们抓着柳枝蹚水，说着小孩子的话，但又要比小孩子知识丰富一些；有时，我们在水面上仰浮几个小时，在一片死寂的、冰冷的水中望着天空。当我们感到冷的时候，我们便爬上浮出水面的石头，躺在上面晒太阳。八月十三日的风格外舒服，很快就把我们吹干了。莱奥波蒂娜首先潜回水中，然后又回到我还在那儿晒太阳的石头上。这回，轮到她取笑我了。她的样子现在还清楚地浮现在我面前，一切都历历在目，仿佛就在昨天：她双肘放在石头上，双手支着下巴，目光放肆，长发在水中顺着大腿漂动，大腿隐隐约约，白得有点让人感到害怕。我们是那么高兴，那么虚幻，那么相爱，那么美。但这是最后一次了。"

"请不要这么哀伤。如果说这是最后一次了，那也是你的错。"

"那又怎么样？这会使事情显得不那么悲伤吗？"

"恰恰相反，只能使事情更加悲伤。但你是悲剧的罪魁祸首，所以你无权抱怨。"

"权？这是我最最不能听到的词。我才不理睬权不权呢！不管我在这件事上要负什么责任，我都要抱怨。而且，我没有任何责任。"

"啊，是吗？那是风把她掐死的？"

"是我，但不是我的错。"

"你是说，你是在开玩笑的时候把她掐死的？"

"不，笨蛋，我是说，这是大自然的错，是生活的错，是荷尔蒙的错，是所有这些肮脏的东西的错。让我讲讲这个故事吧，让我悲哀悲哀！我要跟你讲讲莱奥波蒂娜白皙的大腿，那种白，白得神秘，尤其当它们在墨绿色的水中时隐时现时更是如此。为了保持平衡，我看见我表妹慢慢地在水面上交替拍打着她修长的大腿——脚还没出现，大腿又沉了下去，在另一条白皙的大腿还没抬起来之前就消失了，如此反复。一九二五年八月十三日那天，我躺在布满石头的小岛上，欣赏着那一幕优美的情景，怎么也看不够。我忘了我看了多久。突然，一个意外事件终止了这一情景，那种粗鲁使我深感震惊：莱奥波蒂娜正舞动着的大腿从湖底带上来一缕红色的液体，浓得很特别，因为它很难与清水相融。"

"简单地说，是血。"

"你太粗鲁了。"

"你的表妹无非是初来月经。"

"你真下流。"

"这一点都不下流。这很正常。"

"没错，是很正常。"

"塔施先生，这可不像是你的态度。你是虚伪的大敌，激烈地抵制粗俗的语言，就像奥斯卡·王尔德作品中的主人公，听到有人把他的猫叫作猫就生气。你是一个爱得发疯的情人，但这种爱并不能使莱奥波蒂娜不食人间烟火。"

"能。"

"告诉我，我在做梦：是你，天才的讽刺家、塞利纳一样的大作家、厚颜无耻的活体解剖专家、喜欢沉思的空想家，竟然在说一个古怪的年轻人才能说出来的蠢话？"

"住口，亵圣的女人。那不是蠢话。"

"不是？小城堡主的爱情，年轻小伙子爱上了他高贵的表妹，浪漫地与时间做斗争——如果这些还不算蠢话，那这个世界上就没有蠢话了。"

"如果你让我把结果讲下去，你就会明白，这并不是一个愚蠢的故事。"

"那就试图说服我吧，但这并不那么容易，因为你在这之前所说的一切都让我沮丧。那个小伙子不能容忍他的表妹来月经，这真是不可思议。有点不食人间烟火的抒情味。"

"结果可不那么不食人间烟火，我需要一点点安静，让我把故事讲完。"

"我什么都不能答应你。听你说话很难没有反应。"

"起码要等我讲完以后再反应。他妈的，我讲到哪儿了？你让我丢了故事的线索。"

"水中的血。"

"没错，就讲到那里。你想想我有多么震惊吧：这种温暖的红色的东西突然闯进苍白的东西当中——冰冷的水、墨绿色的湖、莱奥波蒂娜白色的肩膀、青紫色的嘴唇，尤其是她的大腿。难以察觉的'三王来朝'，慢慢地，神秘来临，轻轻地抚摸着她。不，从她的两腿之间流出这样可恶的东西，这是不被允许的。"

"可恶？"

"可恶，我坚持这样认为。之所以可恶，不仅是因为它本身是可恶的，而且它所表达的意义也是可恶的——可怕的加冕礼，从神秘的生活过渡到充满激素的生活，从永恒的生活过渡到周期性的生活。素食者才会满足这种周期性的永恒。在我看来，这是用词上的一个矛盾。对莱奥波蒂娜和我来说，永恒只属于单数第一人称，因为它包括我们俩。周期性的永恒，暗示有第三者前来接替别人的生活——必须满足这种剥夺，必须对这种侵占过程感到高兴。我对那些接受这种可怕的喜剧的人只有蔑视。我蔑视他们，并不是因为他们像羊一样顺从，而是因为他们的爱情过于苍白。因为，如果他们能够真正地爱，他们就不会如此懦弱地顺从，不会忍心看见他们声称所爱的人受苦，而是勇敢而无私地帮助她们避开如此卑鄙的命运。流到湖水中的这道血表明，莱奥波蒂娜的永恒到了尽头。而我呢，由于我深深地爱她，我决定马上把这种永恒归还给她。"

"我开始明白了。"

"你没那么聪明。"

"我开始明白你病到什么程度了。"

"你接着还想说什么？"

"与你在一起，总有躲不过的灾难。"

"有没有我，灾难都肯定会有。但我相信我至少已经帮助一个人避免了灾难。莱奥波蒂娜见我盯着她身后看，便转过身去。她迅速从水中出来，好像被吓着了似的。她上了布满石头的小岛，站在我身边。血的来源已清清楚楚。我的表妹脸色变了，我能理解她。在前三年中，我们谁都没有提这些事。在这种情况下应该采取什么态度，我们似乎已达成了默契——在难以接受的情况下，为了保持我们的麻木，我们宁可达成默契。"

"我所担心的正是这一点。莱奥波蒂娜根本就没有向你提出要求，你就以'默契'为借口杀死了她，而那种默契仅仅来自你黑暗而肮脏的想象。"

"她是没有明确向我提出来过，因为这没有必要。"

"是的，正如我说的那样。几分钟后，你就会向我吹嘘不说的好处。"

"你是不是想要一份当着公证人的面签署的正式合同？"

"我觉得什么办法都比你的办法好。"

"你喜欢什么，这不重要，重要的是拯救莱奥波蒂娜。"

"重要的是你想拯救莱奥波蒂娜的想法。"

"这也是她的想法。要知道，亲爱的小姐，我们什么都没有说。我极轻极轻地吻了她的眼睛，她明白了。她看起来非常平静，脸上露出了微笑。一切都在瞬间中进行。三分钟后，她死了。"

"什么，她就这样死了？这么快？这……这太可怕了。"

"你想持续两个小时吗，就像在歌剧中的那样？"

"可是，说到底，杀人不是这个样子的。"

"不是？我不知道杀人还有什么讲究。凶手要礼貌地签一个合约，被害者要礼貌地做简单陈述？我答应你，下次杀人我一定会更礼貌一些。"

"下次？谢天谢地，没有下次了。此时此刻，你真让人感到恶心。"

"此时此刻？你太让我吃惊了。"

"这么说，你声称爱她，甚至没有最后再跟她说一遍你爱她就把她掐死了？"

"她知道。而且，我的行为就是证明。如果我不爱她，我就不会掐死她了。"

"你怎么能肯定她知道？"

"我们从来没有说起过那种事，我们说话很投机。而且，我们一点都不饶舌。不过，还是让我讲讲是怎么掐死她的吧！我一直没有机会说，尽管我喜欢回忆那一幕——我在记忆深处多少次重温过那个美丽的场景。"

"你还有这份闲心！"

"你看，你也来兴趣了。"

"来什么兴趣？对你的回忆感兴趣还是对掐死人感兴趣？"

"对爱情感兴趣。不过，请你还是让我讲完吧！"

"请便。"

"于是，我们坐在湖中布满石头的小岛上。在两分钟内，我们第一次离开了伊甸园，但一开始杀人，我们又回到了伊甸园，我们俩都清醒地意识到，我们在伊甸园里只剩下八十秒了，应该好好加以利用，我们利用了。啊，我知道你会怎么想：这么漂亮的谋杀，一切功劳全归凶手，这是不对的。掐死人并不像人们以为的那样被动。你看过某个粗人拍的那部很差的电影吗？如果我没记错的话，那是个日本人拍的。影片结尾时掐死人的镜头持续了差不多三十二分钟。"

"是的，是大岛渚①的《感官世界》。"

"掐人的镜头拍砸了。我对掐人非常熟悉，我可以断定那是不真实的。首先，花了三十二分钟掐死一个人，这是不可能的。好像从艺术的角度来看，就可以否认凶杀必须迅速而快捷似的。希区柯克明白这一点。而且，那位日本先生还有一点不明白：掐人一点都不痛，一点不痛苦。相反，非常令人振奋，很新鲜。"

"新鲜？多么意想不到的形容词！既然你还活着，为什么不用'充满活力'这个词呢？"

"为什么不可以呢？当你掐死你所爱的人时，你会觉得是给了他新的生命。"

"好像你每天都在做这种事似的。"

"一件事，如果你不想一辈子老是去重做，就要一步到位，而且要做得彻底。所以，关键的场景，绝对要做得有美感。那位日本先生一定不懂这个道理，或者，他太笨拙了，因为影片中掐人的场面是那么丑陋，甚至很可笑：掐人者像是在抽水，被掐者像是被轧路机轧死似的。我掐人的场面非常壮丽，这一点你可以相信我。"

---

① 大岛渚（1932—2013），日本著名电影导演。

"我不怀疑，不过，我要问一个问题：你为什么要选择掐这个办法？因为，考虑到你所在的地方，淹死要更符合逻辑。而且，当你把你表妹的尸体背到她父母面前时，你就是这样向他们解释的——这种解释不怎么可信，因为她的脖子上有痕迹。你为什么不干脆淹死那个孩子呢？"

"问得好。一九二五年八月十三日那天，我也想过这个问题。我的反应非常快，我对自己说，如果两个莱奥波蒂娜都是淹死的，那就太符合常规、太合逻辑了，那就有点俗了。而且，这还有剽窃雨果老爹的嫌疑。"

"这么说，你之所以不淹死她，是因为想避俗。但你选择'掐'，同样也面临着其他的俗。"

"是这样。不过，起初，我也没有考虑这个办法，促使我下决心掐死我表妹的，主要是她的美丽的脖子。无论从后背看还是从正面看，她的脖子都很漂亮，修长而柔软，令人赞不绝口。多美啊！要掐死我，起码需要两双手，可她那么精美的脖子，掐起来不费吹灰之力！"

"是不是她的脖子不漂亮，你就不会掐死她了？"

"我不知道。也许我还是会掐死她，因为我很喜欢做手工，而掐死人是置人于死地最直接、最有手工味道的办法。掐死人，可以给你一种无与伦比的手感。"

"你知道得很清楚，你这样做是为了自己的快乐。你为什么不试图让我相信，你掐死她是为了拯救她？"

"我亲爱的小女孩，尽管你道歉说自己对神学一无所知，但既然你声称读过我所有的书，你就应该明白。我写过一本很美的小说，书名叫《相伴的恩赐》，说的是上帝让人在行动过程中感到极其兴奋，从而觉得自己做得对。这个构思不是我想出来的，真正的神秘主义者都知道这一点。而且，掐死莱奥波蒂娜时，我感到非常高兴，因为我在拯救我所爱的人的同时也得到了美。"

"你最后会对我说，《杀手保健》是一部天主教小说。"

"不，这是一本感人的小说。"

"那就结束对我的感动，跟我讲讲最后一幕吧！"

"我会讲的。事情发生得非常简单，杰作往往都那样。莱奥波蒂娜坐在我的膝盖上，面对着我。书记员小姐，请注意，她是主动的。"

"这证明不了什么。"

"你以为当我用手围住她的脖子，开始用力时，她会感到惊奇吗？根本不是那样。我们四目对视，互相微笑。这不是分离，因为我们在同时死亡。我，就是我们俩。"

"多么浪漫啊！"

"不是吗？你想象不到莱奥波蒂娜是多么漂亮，尤其是在那个时候。不应该掐那些耸肩缩颈、脖子难看的人，那没有美可言。相反，只有美丽修长的脖子才配被人掐。"

"你表妹一定是个很美丽的被掐者。"

"让人狂喜，我的双手快乐地感到了她的软骨轻轻地软了下去。"

"谁以软骨杀人，谁将死于软骨。"

胖子惊讶地盯着记者。

"你知道你刚才讲了什么吗？"

"我是故意这么讲的。"

"真是不可思议！你是个仙人。我以前怎么就没想到呢？我们已经知道软骨癌是杀人犯得的癌症，但不知道如何解释。现在，我们明白了。卡宴的那十个杀人犯肯定是掐了受害者的软骨。主说得对：'以其人之道还治其人之身。'小姐，多亏了你，我才知道自己为什么得了软骨癌！我刚才就对你说过，神学是最科学的东西！"

这个小说家就像一个经过二十年的研究之后，终于证明了自己的理论的学者，露出了充满智慧的喜悦。他的目光发现了某些完全看不见的东西，他肥胖的额头却渗出了黏糊糊的汗珠。

"塔施先生，我一直在等待故事的结尾呢！"

这个瘦弱的年轻女人厌恶地看着那个胖老头亮光光的脸。

"故事的结尾？可这个故事并没有结束，它才刚刚开始！这是你方才让我明白的。软骨，绝妙的关节！身体的关节，更是这个故事的关节！"

"你是不是正在发疯？"

"发疯，是的，为终于证明了自己的理论而发疯！由于你，小姐，我终于可以把这部小说继续写下去了，说不定还能写完呢！在《杀手保健》这个题目下面，我加了一个副标题'软骨的故事'。你不觉得这是世界上最美的遗嘱吗？不过，我得加快速度，我没有多少时间可以写作了！天哪，太紧张了！下最后通牒了！"

"你愿意怎么办就怎么办吧。但在续写之前，你得把一九二五年八月十三日那天的事讲完。"

"那将不是续写，而是回忆！请你理解我，软骨正是我缺少的关节，心理关节，它可以使人从后向前倾，也可以使人从前往后仰，从而得到全部的时间，达到永恒！你问我一九二五年八月十三日的事，可一九二五年八月十三日没有结束，因为永恒是从那天开始的。同样，你以为今天是一九九一年一月十八日，以为现在是冬天，人们正在海湾打仗。常识性错误！

六十五年半之前，时间就停止了！现在正是盛夏，我还是个
孩子。"

"看不出来。"

"那是因为你没有认真地看着我。看着我的手，我的手
是如此漂亮，如此精美。"

"我得承认，确实是这样。你很胖，很丑，但你的手很漂亮，
贵族的手。"

"是吗？这当然是一种迹象，我的手在那个故事中起着
重要的作用。一九二五年八月十三日以来，这双手就没有停
止过掐人。你没看见吗？就在我跟你说话的时候，我也在掐
莱奥波蒂娜。"

"没看见。"

"你看见了。你看看我的手，看看我的指节，它们掐住
了天鹅的脖子；你看看这手指，它们按摩着软骨，掐进了软
软的肉中，那些软软的肉将变成文字。"

"塔施先生，我当场抓住你使用隐喻了。"

"那不是隐喻。文字如果不是异乎寻常的动词软骨，那
又是什么？"

"不管你愿不愿意，反正这是隐喻。"

"如果你像我现在这样，全面地看待这些事情，那你就

会明白了。隐喻是一种创造，它可以使人把散乱的幻想连接起来。如果这些散乱的东西消失了，隐喻就没有任何意义了。我可怜的小瞎子，也许有一天，你会明白这整件事的，你会睁开眼睛，就像我瞎了六十五年半之后终于睁开眼睛一样。"

"塔施先生，你不需要安定剂吗？我觉得你好像太兴奋了。"

"是有点兴奋。我都忘了人能兴奋到这种程度。"

"你有什么理由兴奋？"

"我跟你说过了，我正在掐莱奥波蒂娜的脖子。"

"你因此而感到幸福吗？"

"怎么能不幸福呢？我的表妹快到天堂了。她的头往后仰着，美丽的嘴微微张开，脸上露出灿烂的微笑，大眼睛看着无垠的蓝天，或者相反。就这样，她死了。我松开了她，让她的身体滑入湖水。她仰面浮在水上——眼睛欣喜地望着天空。后来，莱奥波蒂娜就沉了下去，消失了。"

"你没有把她捞起来？"

"没有马上去捞，我首先在想自己刚才做了什么。"

"你对自己感到满意吗？"

"满意，我大笑起来。"

"你笑了？"

"是的。我想，在一般的情况下，凶手往往会让被害者流血的，而我呢，没有让我的受害者流一滴血。我杀了她，是想制止她流血，让她回到原先不死、不流血的状态。这种反常现象使我发笑。"

"你有一种很不得体的幽默感。"

"然后，我看着湖面，风已经抹去了莱奥波蒂娜下沉时造成的一切痕迹。我想，这块裹尸布很配我的表妹。突然，我想起了在维尔界淹死的那个人①，想起了那句口号：'小心，普雷泰克斯塔，不要落俗，不要剽窃。'于是我潜入水中，来到暗绿色的湖底。我的表妹在那儿等我，仍离我很近，但已经像淹没的废墟，充满了谜。长发在她的脸上漂动，她带着亚特兰蒂斯②的神秘微笑。"

长时间的沉默。

"后来呢？"

"啊，后来……我让她浮出水面，把她抱在怀里。她的身体又轻又软，像藻类一样。我把她带回了城堡。我们这两个赤身裸体的人的到来，在城堡里引起了轰动。人们很快就发现，莱奥波蒂娜比我要裸。还有什么是比尸体更裸的呢？于是，

---

① 指雨果的女儿莱奥波蒂娜。
② 古希腊传说中大西洋中的大岛。

种种可笑的事情出现了，大家开始叫喊、哭泣、哀号、失望、诅咒命运、责骂我不小心……那种拙劣的场景，只有在三流作家的笔下才写得出来：事情不再受我的控制，马上就变得一塌糊涂。"

"你可以理解那些人的哀伤，尤其是受害者的父母。"

"哀伤，哀伤……我觉得这太夸张了。对他们来说，莱奥波蒂娜只是一个用来装点门面的可爱的观念。他们几乎从来不看她。三年来，我们选择以森林为家，他们从来没有为此担心过。你知道，那些住在城堡里的人，都生活在一个极其传统的想象世界当中。在那儿，他们都认为这一幕的主题是'被淹死的孩子，尸体被归还给父母'。你可以想象一下莎士比亚和雨果是如何逼真地描写那些人的。他们哭的不是莱奥波蒂娜·普拉内斯·圣絮尔皮斯，而是莱奥波蒂娜·雨果，是奥费利娅①，是这个世界上所有被淹死的女人。对他们来说，这个圣女是一具抽象的尸体，甚至可以说是一种纯粹的文化现象。他们的哀号只能说明他们的情感是多么粗糙。不，唯一真正了解莱奥波蒂娜，唯一真正有具体理由为她的死哭泣的人，就是我。"

---

① 莎士比亚的《哈姆雷特》中的女主人公，因失足落水，淹死在河中。

"可你没有哭。"

"对凶手来说，为被杀者哭泣，是为了在心中不留阴影。而且，我清楚地知道，我的表妹很幸福，永远幸福。所以，面对那些粗鲁混乱的哀伤，我显得格外平静，脸带微笑。"

"我猜想，正因为这样，他们后来才指责你。"

"你猜得很对。"

"我只能把这些猜测集中起来，因为你的小说没有再往下写。"

"是这样。你可以发现，《杀手保健》是一部与水关系密切的作品。书以城堡失火为结尾，这大大损害了如此完美的水和谐。那些艺术家老是把水与火联系在一起，真令人恼火。如此庸俗的二元论近乎病态。"

"你别想赢我，不是那些玄奥的想法促使你下决心以如此粗俗的方式来中断叙述。你刚才亲口对我说过，是一种神秘的原因封住了你的笔。让我概括一下你最后几页的内容吧：做了笼统甚至无耻的解释后，你任莱奥波蒂娜泪流满面的父母把她抱在怀里。小说的最后一个句子是这样的：'然后，我上楼回到自己的房间。'"

"作为结尾，这不错嘛！"

"就算是吧，可你要想想，读者得不到满足。"

"作为反应，这不错嘛。"

"从隐喻的角度来读，是这样；但如果像你要求的那样，进行食肉般的阅读，那就不是这么回事了。"

"亲爱的小姐，你说得既对又错。你说得没错，是一种神秘的理由迫使我停下笔，没有把这部小说写完；然而你也错了，因为作为一个好记者，你又想让我一口气继续讲下去。相信我，那年八月十三日之后，我卑鄙而离奇地堕落了，让人恶心。从八月十四日起，那个又瘦又朴实的孩子成了一个可怕的贪吃者。难道这是因为莱奥波蒂娜的死使他感到了空虚？我总喜欢那些肮脏的食物——这种习惯一直没改。半年当中，我重了三倍，成了一个可怕的胖子，头发全掉了，我失去了一切。我想告诉你我的家人是怎么想的。按照常规，亲爱的人死了，亲人应戒食，消瘦。城堡里的所有人都戒食，消瘦了，我却大吃大喝，明显地发胖了，这自然引起了大家的公愤。我不无高兴地想起来，我吃东西时跟别人形成了鲜明的对比。我的外公外婆、舅舅舅妈几乎不碰盘中的食物，我却像乞丐那样狼吞虎咽，他们沮丧地看着我风卷残云。我的这种过盛的食欲，加上他们看见了莱奥波蒂娜脖子上隐隐约约的瘀痕，不禁使他们产生了怀疑，他们不再跟我说话，我觉得他们都痛恨我、怀疑我。"

"怀疑得有道理。"

"你要知道，渐渐地，我不喜欢那种气氛了，想摆脱它；你要知道，我不愿意用这种悲惨的结尾来揭开这部出色小说的秘密。如果你希望这部小说有一个真正的结尾，这就错了。但你又是对的，因为这个故事需要有一个真正的结尾——但这种结尾，在这之前我并不知道，因为，是你告诉了我这种结尾。"

"我告诉了你结尾？我？"

"你现在正在结尾。"

"如果你想让我感到不自在，那你成功了，但我仍然希望有一个解释。"

"你在软骨方面的提示，已经给了我一个最有趣的结尾。"

"我希望你不要把你刚才使我窒息的对软骨的狂热插入小说，否则会糟蹋了这本书。"

"为什么不呢？这是一项重大的新发现。"

"我后悔了，后悔给你暗示了一个如此糟糕的结尾。最好还是不要把这部小说写完。"

"这，得由我来决定。但你会给我带来另一件东西。"

"什么东西？"

"亲爱的孩子，该由你来告诉我。让我们重新回到结局上来好吗？我们已经在等待那个时刻了。"

"什么结局？"

"别假装天真。你最终还是不肯告诉我你是谁吗？你跟我会有什么神秘的关系呢？"

"什么关系都没有。"

"你不会是普拉内斯·圣絮尔皮斯家族的最后一个幸存者吧？"

"你知道得很清楚，那个家族已经绝种了，没有后代——而且，你在这当中起了作用，不是吗？"

"你是塔施家族的远亲吗？"

"你知道得很清楚，你是塔施家族的最后一个成员。"

"你是那个家庭教师的孙女？"

"不是。你想到哪儿去了？"

"那你的祖先是什么人？城堡里的管家、总管？或者是园丁、女佣、厨娘？"

"别发疯了，塔施先生。我和你的家族、你的城堡、你的村庄、你的过去没有任何关系。"

"这不可能。"

"为什么？"

"如果你和我没有什么特别的关系，你是不会花这么大的力气来研究我的。"

"亲爱的先生，我当场发现你有习惯性的歪曲行为。你是一个有强迫症的作家，想到你的人物之间没有任何神秘的关联，你就受不了。真正的小说家应该忘记自己的家史。我很伤心，要让你失望了，对你来说，我完全是个陌生人。"

"你绝对弄错了。也许你并不了解我们之间家族的、历史的、地理的或遗传的关系，但毫无疑问，这种关系是存在的。让我们来看看……你是不是有个祖先是淹死的？你周围的人有没有被掐死的？"

"别发疯了，塔施先生。你试图寻找我们之间的关系，这是徒劳的——况且这种关系没有任何意义。相反，我觉得有意义的是，你为什么想建立这种关系。"

"什么意义？"

"问题的实质就在这里。这个问题应该由你来回答。"

"我明白，这一切还得由我来做。新小说派的理论家都是些滑天下之大稽的人。事实上，在创作当中没有任何东西发生改变。面对一个丑陋的、疯狂的世界，作家不得不假装造物主。没有他出色的文笔，世界永远不可能呈现出事物的轮廓，人类的历史就会没有定论，就像西班牙的客栈一样杂乱无章。根据这一古老的传统，你现在请求我扮演提台词的人，替你写文章，跟你对话。"

"好啊，那就提台词吧！"

"我这辈子就干这种事，孩子。你没看见我也在求你吗？帮帮我，让这个故事变得有意义，别虚伪地对我说你不需要意义，我们不能满足于随便给它一个什么意义。好好想想！六十六年来，我一直在等待遇上你这样的人——别对我说你是随便什么人，别否认一定有一个奇怪的共同点在组织这场见面。我最后再问你一次——我说的是最后一次，因为我这个人没有什么耐心，我向你发誓。对我说实话，你究竟是什么人？"

"唉！塔施先生。"

"什么，唉？你没有其他话回答我了吗？"

"有啊，可你能受得了这种回答吗？"

"最糟的回答也比没有回答好。"

"一点不错。我的回答就是没有回答。"

"请你说清楚点。"

"你问我是谁，可你已经知道了，不是我告诉你的，而是你自己说的。你忘了吗？刚才，你在不断的咒骂中，漏了一句。"

"说下去，我正在听呢！"

"塔施先生，我是一个找骂的肮脏的小女人。关于我，没有什么好说的，这一点你可以相信。我很伤心。请相信，我喜欢有另一种回答，但你要求的是事实，就是我唯一的事实。"

"我永远不会相信你。"

"你错了。关于我的生平和我的身世，我没有什么新鲜的事情可以告诉你。如果我不是记者，我决不会来找你。你白忙了，你永远只能得到同一个答案：我是一个找骂的肮脏的小女人。"

"我不知道你有没有意识到，这种回答是多么可恶。"

"可惜的是我意识到了。"

"你没有意识到，或者说，你没有完全意识到。让我来描述一下你有多可恶吧！你想象一下，一个垂死的老人，孤独得要命，几乎绝望了。这时，在等待了六十六年之后，来了一个年轻女人，她唤起了这个老人已经沉睡的过去，让他突然充满了希望。这里有两种可能：这个接近老人的姑娘，要么是个神秘的天使，这是一种殊荣；要么完全是个陌生人，受卑鄙的好奇心所驱动。如果是后者的话，请允许我告诉你，这是不道德的：擅自闯入别人的墓地，滥用别人的信任，是在夺取一个垂死者最宝贵的财富，答应给别人以神奇的报酬，反过来却大骂别人一通。当你来到这里的时候，你发现这个老人已奄奄一息，正沉浸在美好的回忆当中，宁愿没有现实；

而当你离开这里的时候，你将让这个老人失去回忆，因没有现实而感到失望。如果你还有一点良心，或讲点道德，你就会骗我，你就会编造说我们之间有些什么关系。现在，已为时太晚，如果你还有一点良心，或讲点道德，就替我结束这种厌恶吧！因为这是一种难以忍受的痛苦。"

"你在夸张。我不知道怎么就把你的回忆破坏到了这种程度。"

"我的小说需要一个结尾。你通过种种手段，让我相信你会给我带来这个结尾。现在，我再也不敢奢望了，经过漫长的冬眠之后，我回到了现实——而且，你毫无廉耻地向我张开了你空空的双手，只给我带来了死灰复燃的幻想。在我这个年龄，人们已经无法再忍受这些事了。如果没有你，我就可以让我的小说没有结尾而自己安安静静地死去，可现在，由于你，不能结束的该是我本人的死了。"

"别再装模作样了，好吗？"

"这是装模作样吗？你忘了你已经把我的东西都掏空了？小姐，我要告诉你一件事情：凶手，不是我，而是你！"

"什么？我没听清。"

"你已经听得很清楚了。凶手，就是你，你杀了两个人。只要莱奥波蒂娜还活在我的记忆中，她的死就是一种快乐。

可是，你这个找骂的人闯了进来，杀死了回忆中的她。你在杀死这种回忆的同时，也杀死了我所剩下的一切。"

"诡辩。"

"如果你对爱情有一点点认识，你就会知道，这不是诡辩。可是，一个找骂的肮脏的小女人，怎么能懂得什么叫爱情？你是我所认识的最不懂爱情的人。"

"如果爱情真像你所说的那样，远离爱情，我觉得是一种解脱。"

"毫无疑问，我什么都没有教会你。"

"我在想，除了把人掐死，你还能教我些什么。"

"我想告诉你，我在掐死莱奥波蒂娜的同时，也使她远离了真正的死亡，这种死亡就是遗忘。你把我当作一个凶手，而我是世界上极罕见的没有杀过任何人的人。看看你的周围，看看你自己。世界上充满了凶手，这些凶手，他们忘记了自己曾声称爱过的人。忘了什么人，你想过这意味着什么吗？遗忘是一片巨大的海洋，上面只航行着一条船，那就是记忆。对绝大部分人来说，这条船最后都归结为一条可怜的破船，随时都有可能进水。船长，那个果断的人，一心想着积蓄。你知道这个肮脏的词是什么意思吗？每天都要牺牲被认为是多余的船员。你知道哪些人被认为是多余的吗？浑蛋、讨厌鬼、蠢货？根本不是，被扔下船的，是那些没用的人——那些已经失去价值的人。那些把最好的东西都献给了我们的人，现在，他们还有什么可以给我们呢？好了，别同情了，动手吧。于是，嘿！把他们扔下船去，大海无情地把他们吞没了。亲爱的小姐，不受惩罚的、最常见的谋杀就是这种样子的。我决不赞同这种可怕的屠杀，今天，你以这种纯洁的名义指控我，正和人们所谓的正义相同，那是告密的一种方式。"

"谁跟你说要告密了？我并不想揭发你。"

"真的吗？那么说，你比我想象中还要坏。一般来说，找骂的人总要给自己找个借口。你呢？你找骂却毫无理由，仅仅是想破坏气氛。当你离开这里的时候，你会搓着双手，心想，你没有浪费时间，因为你玷污了别人的世界。你干的是一个光荣的职业，小姐。"

"如果我没理解错的话，你是想让我把你拖上法庭。"

"一点不错。你想过没有，如果你对我做了这些事情后不告发我，让我孤零零地留在这间空屋里，我会怎么死去？所以，如果你把我拖上法庭，我会感到非常高兴。"

"很抱歉，塔施先生，你自己告发自己吧。我不干那种事。"

"你也许干不了那种事，对吗？你属于那些喜欢玷污甚于喜欢破坏的坏蛋。你能给我解释一下，你决定来折磨我的那天，脑子里是怎么想的吗？是什么肮脏的思想莫名其妙地触动了你的神经？"

"亲爱的先生，你一开始就知道了，你忘了我们的赌注？我想看见你在我脚下爬。听了你跟我说的这些话后，我的这种愿望就更强烈了。爬吧，既然你已经输了。"

"我输了，这不假，但比起你的命运来，我更喜欢我自己的命运。"

"这对你来说更好。爬吧！"

"你想看我爬，是出于你女性的虚荣吗？"

"是出于我复仇的愿望。爬吧！"

"这么说，你什么都没有明白。"

"我的做人准则与你不同，我明白得很。我把生命看作最珍贵的恩赐，你说什么都没有用。没有你，莱奥波蒂娜就不会死，她还会活着，带着生命给她的恐惧，也带着生命给她的美丽。不用再说什么了。爬吧！"

"不管怎么说，我不恨你。"

"我就缺别人恨了。爬吧！"

"你生活在另一个世界上，你不懂是正常的。"

"你的高傲真让我感动。爬吧！"

"事实上，我要比你宽容得多，我可以允许你按照其他准则生活，你可做不到。对你来说，看问题只有一种方式。你太狭隘了。"

"塔施先生，你要知道，我对你的这些重要观点不感兴趣。我命令你爬。句号。"

"好吧。可是，你要我怎么爬呢？你忘了我是个残疾人？"

"噢，对了，我来帮你。"

记者站起来，抓住胖子的腋窝，使劲把他摔到地毯上，让他来了个狗吃屎。

"救命啊！救命！"

尽管小说家喊得很大声，但他趴在地上，声音被闷住了，谁也听不见，除了那个年轻的女人。

"爬吧！"

"趴着睡我实在受不了，医生不让我趴着睡。"

"爬吧！"

"见鬼！我随时都会因窒息而死的。"

"你会知道窒息是什么味道的。你已经窒息了一个年轻的姑娘。爬吧！"

"那是为了拯救她。"

"那好，我让你窒息，也是为了拯救你。你是一个讨厌的老头，我想把你从堕落中拯救出来。所以，这是同一回事。爬！"

"可我已经堕落了！六十五年半来，我一直在堕落。"

"既然这样，我就让你更堕落一些。堕落吧，堕落！"

"你不能这样说。堕落是一个缺项动词。"

"你知道我才不管这么多呢！不过，如果这个缺项的东西使你不舒服了，我还认识一个会使你感到舒服的东西：爬！"

"这太可怕了，我憋死了。我要死了！"

"瞧！瞧！我还以为你把死当作一种好事呢！"

"它是一种好事，可我不想马上就死。"

"不死？为什么要拖延这么幸福的事情？"

"因为我刚刚明白了什么，想在死之前说出来。"

"说吧！我同意把你的背翻过来，但有一个条件：你首先要爬到我的脚前来。"

"我答应你试一试。"

"我不是要你试一试，我命令你爬。如果你不爬，我就让你死。"

"好吧，我爬。"

于是，这个庞然大物大汗淋漓，在地毯上爬了两米，气喘得像个火车头一样。

"你高兴了吧，嗯？"

"是的，我高兴了。可想到我替某个人复了仇，我就更加高兴了。我似乎在你肥胖的身上看到了一个苗条的身影，你的痛苦使她感到了轻松。"

"可笑至极。"

"你不满意？还想爬？"

"我可告诉你，该把我翻过来了。我就要丧魂了，如果我还有魂的话。"

"你真让我感到惊奇。为死而死，难道一场真正的谋杀不比得癌症慢慢地死去更好吗？"

"你把它叫作真正的谋杀？"

"在杀人犯的眼里，杀人总是美的。好还是不好，得由受害者来说。现在，难道你对自己死亡的艺术价值感兴趣了吗？说'不'吧！"

"我承认没有，行行好，把我翻过来吧。"

记者抓住胖子的腰和腋窝，用力大叫一声，把他翻了过来，让他仰面朝天。胖子拼命地呼吸，他那张被吓坏的脸过了好几分钟才恢复平静。

"你刚才发现了什么？为什么这么想让我知道？"

"我想对你说，那段时间很难过。"

"还有吗？"

"还不够吗？"

"怎么？这就是你要对我说的一切？难道你需要八十三年才知道人一出生就知道的事情吗？"

"可是，我确实不知道。我要死到临头才能懂得那种恐惧，不是恐惧我们都不知道的死亡，而是恐惧死去的那一刻，那是非常难过的一刻。别人可能会有预感，我可没有。"

"你在愚弄我。"

"不，以前，我觉得，死，就是死，是句号。它既不好，也不坏，仅仅是消失而已。我不觉得死与死的那一刻有什么不同，不觉得有什么难以忍受的地方。是的，很奇怪，我一直不怕死，但一想到要去死的时刻，哪怕只有一秒钟，我也会忧虑。"

"那你不感到羞耻吗？"

"既羞耻又不羞耻。"

"见鬼！难道你还想再爬一回？"

"听我向你解释。想到我让莱奥波蒂娜经受了那种时刻，我就感到羞耻。另外，我坚持认为，至少是希望，这对她是一个例外。事实上，在她临死前的那一刻，我仔细看过她的脸，没有发现她有什么伤心的表情。"

"为了让自己心安理得，你用这种幻想来安慰自己，我非常欣赏。"

"我才不在乎是不是心安理得呢！我提的问题是高层
次的。"

"上帝啊！"

"你说出了这个词。是的，也许上帝会给某些人以例外，
让他们死的时候高高兴兴，没有痛苦和忧伤。我想，莱奥波
蒂娜就遇到了这种奇迹。"

"听着，你的故事现在已经很遭人恨了，你还要提到上帝、
高兴、奇迹，想让它更加可怕吗？你也许以为自己进行了什
么神秘的谋杀？"

"一点没错。"

"你真是疯狂到极点了。你这个有病的人，你真想知道
这桩神秘杀人案的真相吗？你知道她死了以后尸体首先怎样
了吗？它拉屎了，先生，它拉屎了，把肠子里面的东西都排
出来了。"

"你真恶心。别再演戏了，你让我感到不舒服。"

"我让你感到不舒服了，嗯？杀人，你一点也不觉得不
舒服，想到被你杀害的人拉屎拉尿你就受不了啦？如果你把
你表妹的尸体从湖里捞出来时，你没看见她的粪便浮出水面，
那一定是水太浑了。"

"可怜可怜，住口吧！"

"可怜什么？可怜一个不敢承担责任的凶手？"

"我向你发誓，我向你发誓，事情根本不像你所说的那样。"

"不像？莱奥波蒂娜没有膀胱和大肠？"

"有，但……但事情并不像你说的那样。"

"不如说一想起这事来你就受不了。"

"确实，一想起来我就受不了，但事实并不像你所说的那样。"

"你想一直重复这句话，直到死亡吗？你最好还是解释解释吧！"

"唉，我无法对这种罪证做出解释，但是，我知道事情并不像你说的那样。"

"你知道人们是怎么称呼这种罪证的吗？人们把它叫作自我暗示。"

"小姐，既然我不明白，你能不能让我换一个角度去接近这个问题？"

"你真的以为还有另外一个角度吗？"

"我想还是有的。"

"那好，那就换一个角度吧！"

"小姐，你恋爱过吗？"

"这太过分了！我是在为《心灵之约》栏目采访。"

"不，小姐，如果你恋爱过，你就会知道这是另一回事。可怜的尼娜，你从来没有恋爱过。"

"别这样对我，好吗？还有，别叫我尼娜，你这样叫让我感到浑身上下起鸡皮疙瘩。"

"为什么？"

"我不知道。听到自己的名字被一个大胖子凶手说出来，这太恶心了。"

"很遗憾。可是我很想叫你尼娜。你怕什么，尼娜？"

"我什么也不怕。你让我感到恶心，就是这么回事。还有，别再叫我尼娜了。"

"很遗憾。我需要这样叫你。"

"为什么？"

"我可怜的小东西，你训练有素，这么成熟，从某个角度来看，你就像刚刚出生的小羊羔。你不知道想叫某个人的名字意味着什么吗？你以为随便什么人都能让我产生这种需要吗？绝不！孩子。一个人，如果他在内心深处觉得需要叫某一个人的名字，那是因为他爱上了这个人。"

"……"

"是的，尼娜。我爱你，尼娜。"

"你马上就会停止说这种蠢话吧？"

"是这样，尼娜。刚才，我产生了一种直觉，后来，我以为自己弄错了，但我没有弄错。正因为如此，所以我在死亡的过程中有必要对你说。我想，尼娜，没有你，我再也活不下去了。我爱你。"

"醒醒吧，笨蛋。"

"我从来没有像现在这样清醒过。"

"你根本不可能清醒。"

"这没关系。我再也无足轻重了，因为我已经完全属于你了。"

"别发疯了，塔施先生。我知道得很清楚，你并不爱我，我身上没有任何东西讨你喜欢。"

"我也这样认为，尼娜，但这种爱超出了这一切。"

"行行好吧，别再跟我说你爱我的内心了，否则，我会笑出眼泪来的。"

"不，这种爱比这还要高。"

"我突然觉得你高得上了天。"

"人是可以摆脱一切世俗的东西爱另一个人的，这你不明白吗？"

"不明白。"

"太遗憾了，尼娜。不过，我是爱你的。这个词有多神秘，我对你的爱就有多神秘。"

"住口！我明白了，你在为你的小说寻找一个合情合理的结尾，不是吗？"

"但愿你能知道，从几分钟前开始，我就对这部小说不关心了！"

"我可不相信。这部小说没有写完，你肯定会耿耿于怀。当你知道我跟你没有任何关系时，你感到很难受。所以，你现在想方设法建立起这种个人关系，最后编造一个爱情故事。你不屑小打小闹，所以要编出弥天大谎来无中生有。"

"太可怕了，尼娜！爱情没有任何意义，正因为如此，它才神圣。"

"别再用花言巧语来蒙骗我了。除了莱奥波蒂娜的尸体，你什么人都不爱。而且，你对我说了一些那么不可信的话，亵渎了你唯一的爱情，你应该为此感到羞耻。"

"我没有亵渎它。恰恰相反，在爱你的同时，我得到了证明，莱奥波蒂娜教会了我怎么去爱。"

"诡辩。"

"如果爱情不服从、不符合逻辑规则，它就是一种诡辩。"

“听着，塔施先生，如果你愿意，把这些蠢话写进你的小说里去吧！但是，不要再拿我当试验品。”

“尼娜，我不喜欢这样。爱情不是用来取乐的，它只能用来爱。”

“太让人激动了。”

“是这样。但是，如果你了解这个动词的意思，尼娜，你也会像我现在这样激动的。”

“你的这种激动就免了吧。别再叫我尼娜了，否则我就不能对自己的行为负责了。”

“那你就不要对自己的行为负责了，尼娜。既然你无法爱我，那就让我爱你吧！”

“让我爱你？做梦去吧！要爱你，除非中了邪。”

“那就中邪吧，尼娜。我会感到非常高兴的。”

“我真不愿意让你高兴，没有人比你更不配高兴了。”

“我可不同意你的说法。”

“明摆着的。”

“我很卑鄙，很丑，很坏，我想成为世界上最无耻的人，然而，我拥有一种极为罕见的品质，以至于我并不觉得自己不配被人爱。”

“让我猜一猜是什么品质吧：朴实？”

"不，我的品质是：能够爱。"

"你想以这种高尚品质的名义，让我趴在你脚下哭，并且说'普雷泰克斯塔，我爱你'？"

"再说一遍我的名字，听起来太舒服了。"

"住口，你让我感到恶心。"

"你太了不起了，尼娜，你具有非凡的性格，外表冷酷无情，内心热情似火。你傲慢而鲁莽，只要你能去爱，你就可以成为一个出色的情人。"

"我先告诉你，如果你把我当作莱奥波蒂娜再生，那你就错了。我和那个迷人的女孩没有任何共同之处。"

"这我知道，尼娜，你狂喜过吗？"

"我觉得这个问题问得太不得体了。"

"很得体。在这个故事中，一切都很得体。故事以你在我心中点燃的爱情开始。好了，尼娜，既然我们已经这样了，别犹豫了，回答我的问题吧！这个问题比你以为的要纯洁得多：尼娜，你心醉神迷过吗？"

"我不知道。我确信无疑的是，我现在不心醉神迷。"

"你不懂得爱情，你不懂得心醉神迷，你什么都不懂。我的小尼娜，你怎么能这样活着呢？因为你连什么叫活着都不懂。"

"你为什么要跟我说这样的话？是想让我乖乖地被你杀死吗？"

"我不会杀死你的，尼娜。刚才，我是想杀死你，但自从我爬过以后，这种欲望已经消失了。"

"这真要让人笑死。你又老又残，还以为你能把我杀死？我原先只觉得你讨厌，其实，你不过是很蠢。"

"爱情让人愚蠢。这是至理名言，尼娜。"

"求求你，别再跟我谈你的爱情了，我产生了要杀人的欲望。"

"这可能吗？不过，尼娜，事情就是这样开始的。"

"什么事情？"

"爱情。我唤起了你的狂喜之情？我简直自豪得难以形容了，尼娜。杀人的欲望刚刚在我的心中产生，现在又在你的心中产生了。你现在开始活着了，你意识到了吗？"

"我只意识到心中有一种强烈的愤怒。"

"我正目睹着一个神奇的景象：我相信，对谁都一样，新生是死后的一种现象。现在，在我这个活人的眼里，我看见你变成了我！"

"我从来没有受到过如此恶毒的辱骂。"

"你巨大的愤怒表明，你的生命开始了，尼娜。从此，你将永远跟我以前一样，老是感到愤怒，你会痛恨虚伪，你会破口大骂，突然狂喜，你将愤怒得很高明，你将无所畏惧。"

"自以为是的家伙，你讲完了吗？"

"你知道得很清楚，我说的是对的。"

"错了。我不是你。"

"还不完全是，但快了。"

"你这是什么意思？"

"你很快就会知道的。这太好了。我说着说着事情就成了。现在，我成了一个预言者，不是预告未来，而是预告现在。你明白吗？"

"我明白你已经失去了理智。"

"是你取走了理智，就像你取走了剩下的一切。尼娜，我从来没有这么兴奋过！"

"你的安定片在哪儿？"

"尼娜，你杀了我，我就永远安定了。"

"你说什么？"

"听我说。我想告诉你的事太重要了。不管你愿不愿意，你正在变成我。我每次蜕变，都有一个懂得爱情的人在等待我。第一次，是莱奥波蒂娜，后来是我杀死了她；第二次，是你，你将杀死我。刚好是个轮回，不是吗？被你杀死，我太高兴了。

由于我，你现在正发现什么是爱情。"

"由于你，我正发现什么是沮丧。"

"你是这样认为的吗？这话是你说的。爱情从沮丧开始。"

"你刚才说，爱情是从杀人的欲望开始的。"

"这是同一回事。听听涌上心头的东西，尼娜，感受一下这种巨大的惊讶。你以前可曾听到过这么悦耳的交响乐？种种错综复杂的东西如此成功、如此巧妙地交会在一起，一般人都听不出来。你可曾分辨出多得惊人的乐器？只要有一点点不协调就会产生噪音。然而，尼娜，你以前可曾听过比这更美的音乐？这十几个乐章重叠在你的身上，使你的脑袋成了一座哥特式建筑，使你的身体成了一个模糊而回荡不休的共鸣箱，使你的瘦瘦的身体成了一种忧虑，使你的软骨成了一种松弛——这数不清的东西占据了你。"

沉默。女记者往后仰了仰头。

"脑袋很沉，是吗？我知道是这样。你会发现，你永远都不会习惯的。"

"习惯什么？"

"习惯这无数的东西。试着抬起头来，尼娜。你的头脑是如此沉重，看着我。"

她用力地看着他。

"你要承认,尽管有种种不适,你还是感到非常舒服。我很高兴,你终于明白了。现在,你可以想象一下莱奥波蒂娜的死了。刚才我觉得死难以忍受,是因为我在地上爬①,明指暗示都如此。但是,充满喜悦地从生过渡到死,这仅仅是一种程序。为什么?因为在那种时候,你甚至不知道自己是死还是活。说我表妹在没有痛苦或没有知觉中死去,就像那些人在睡眠中死去一样,这样说是不准确的。事实上,她死了但又没有死,因为她已经不再活着了。"

"注意,你刚才说的话有很重的塔施味。"

"尼娜,你感觉到的,是塔施味的修辞吧?看着我,我亲爱的化身。以后,你要习惯于蔑视别人的逻辑,所以,你要习惯孤独——别后悔。"

"我会想念你的。"

"这样说太可爱了。"

"你知道得很清楚,可爱,在这个故事中没有位置。"

"别担心,你每次狂喜都会重新找到我的。"

"我会经常狂喜吗?"

"说实话,我已经六十五年半没有狂喜过了,但我现在

---

① 原文中该动词的原形 ramper 有"爬"的意思,也有"作家缺乏灵感"的意思。

感到的狂喜抹去了过去的时间，好像它们根本就不存在似的。
你也得习惯对日历一无所知。"

"我答应你。"

"别伤心，亲爱的化身。别忘了我爱你。爱情是永恒的，
你知道得很清楚。"

"你知道吗？这样的陈词滥调从一个诺贝尔文学奖获得
者嘴里说出来，具有一种不可抵抗的味道。"

"你不知道这是不是真的。当你达到了诡辩的程度，你
说什么都会加以歪曲，并赋予它最奇特、最荒诞的意义。有
多少作家，辛辛苦苦写了一生，只为了有朝一日能达到这种
地步，那就如入无人之境，那儿的所有语言都是圣洁的。也许，
纯洁这个概念意味着：说一些最讨厌的话，人却保持最神奇
的优雅，永远超脱混乱，远离可笑的抱怨。我是这个世界上
最后一个能说'我爱你'而不显淫秽的人。这对你来说是多
大的幸运啊！"

"幸运！这会不会是一种诅咒？"

"是幸运，尼娜。你想想看，没有我，你的生活会充满
烦恼！"

"你怎么知道？"

"这是明摆着的。你自己不是说你是一个肮脏的找骂的

小女人吗？时间一长，你就会觉得厌烦的。或迟或早，得停止咒骂别人、咒骂自己。没有我，你永远做不到这一点。从此以后，神的化身啊，你将像造物主一样拥有神圣的创造力。"

"真的，我感到有一种创造力从心中诞生，让我困惑。"

"这很正常。怀疑和恐惧会随着创造力而来。慢慢地，你会发现，这种忧虑是快乐的一部分。尼娜，你需要快乐，不是吗？毫无疑问，我会把一切都教给你，送给你。就从爱情开始。亲爱的化身啊，没有我，你永远都不会懂得爱。想起这一点，我就激动得发抖。几分钟前，我们曾谈起过缺项动词。你知道吗？'爱'，是最缺项的动词。"

"你这番话是什么意思？"

"'爱'这个词只有单数时才有动词变位，它的复数形式永远只是伪装起来的单数。"

"真知灼见。"

"哪儿的话！两个人相爱时，其中一个人必须消失，以恢复单数。我不是说过这话吗？"

"你不会跟我说，你杀死莱奥波蒂娜，是为了尊重你的语法理想吧？"

"你觉得这个原因就那么不重要吗？你觉得还有比动词变位更必要的东西吗？小小的化身，你要知道，如果动词变位不存在，我们甚至会意识不到个体的存在，这样崇高的谈话也就不可能了。"

"唉，谢天谢地！"

"好了，别抑制自己的快乐了。"

"我的快乐？我身上没有快乐的痕迹，我什么都感觉不到，除了一种想掐死你的欲望。"

"可是，我心爱的化身，你不够快乐。我起码花了十分钟让你下这个决心，而且说得那么明白。我激怒了你，已经让你忍无可忍，打消了最后的疑虑，但你一直没有行动。你还在等什么，我温柔的爱人？"

"我很难相信你真想让我这么干。"

"我向你发誓。"

"可是，我没这个习惯。"

"你会习惯的。"

"我害怕。"

"那就更好。"

"我能不能不干？"

"你会胜任的。相信我，到了现在这个地步，你已别无选择。而且，你给了我唯一的机会，让我在与莱奥波蒂娜同样的条件下死去，我最终会明白她所尝过的滋味。来吧，化身，我准备好了。"

　　记者动手了，动作漂亮，干净利索。古典主义绝不会犯趣味方面的错误。干完后，尼娜关掉了录音机，坐在长沙发当中。她非常冷静。如果说她开始自言自语，那并不是因为她精神错乱。她就像跟一个好朋友说话一样，温柔的声音中流露出一丝兴奋：

　　"亲爱的老疯子，你差点战胜了我。你的话惹得我气愤极了，我差点要失去理智。现在，我感到好多了。我得承认，你说得对，把人掐死是一件十分愉快的事情。"

　　这个化身赞赏地望着自己的双手。

　　通往上帝的道路是不通的，通往成功的道路更加不通。这件事发生之后，大家真的都争先恐后地去读普雷泰克斯塔·塔施的作品了。十年后，他成了经典作家。

译后记

　　阿梅丽·诺冬（Amélie Nothomb）是比利时法语作家，也是当今法语文坛最活跃、最受瞩目的作家之一。自一九九二年出版处女作《疯狂诺贝尔》以来，她一年出一本书，年年轰动，本本畅销，成了欧洲文学界的"神话"。她的作品已被译成四十多种语言，其中不少已被拍成电影或改编成戏剧，在欧美舞台上上演。她的作品获奖无数，包括法兰西学院小说大奖等。她的作品片段已被收进法国、加拿大和比利时的教科书，她的名字也被收入法国著名的《小罗贝尔词典》，她的头像还曾被印在比利时的邮票上。现在不少国家都出现了研究其作品的论文，研究她的专著也越来越多，这标志着她已进入当代一流作家的行列。二〇一五年，她被选为比利时法语语言与文学皇家学院成员，以表彰她"作品的重要性、她的独创性和逻辑性，以及她在国际上的影响"。

　　阿梅丽·诺冬原名法比安娜·克莱尔·诺冬，一九六七年生于比利时首都布鲁塞尔郊区小镇埃特贝克的一个外交官家庭。诺冬家族是当地的望族，历史上出过许多政治与文化名人。阿梅丽幼年时就随父母辗转于亚洲多个国家，先后在日本、中国、老挝、孟加拉国、缅甸等国生活与居住，直到十七岁才回欧洲继续上学。读完文科预科，她进入著名的布鲁塞尔自由大学学法律，但她不喜欢，仅读了一年，就转学哲学与文学，因为她迷上了尼采和法国作家乔治·贝尔纳诺斯 ①。

　　大学毕业后，她的父亲又被任命为比利时驻日本大使，她也再次回到小时候生活了好多年的日本，进入一家日本企业工作，当译员。她原先把自己当作半个日本人，认为日本是自己的半个祖国，却不料东西方文化的冲突使她无所适从，让她找不到自己的身份和位置，她仿佛成了一个边缘人和"无国界人士"。这段经历使她日后写出了一部杰作《诚惶诚恐》。

　　诺冬喜欢写作，每天必须写四小时以上，每年都写三四本书，至今仍是如此。一九九二年，二十五岁的她从抽屉里选了一部自己比较满意的书稿——《疯狂诺贝尔》，寄到了她所崇敬的法国伽利玛出版社，却不料被该社权威的审读员菲利普·索莱尔斯直接拒绝了，那位"文坛教父"认为这个小女子对老作家大为不敬，竟敢如此调侃和嘲笑曾获诺贝尔

---

① 　乔治·贝尔纳诺斯（1888—1948），法国天主教作家，代表作为《在撒旦的阳光下》。

文学奖的大作家。诺冬只好另找门路，她的一个朋友替她把稿子送到了法国另一家大出版社——阿尔班·米歇尔出版社，该社的审读班子读了书稿以后一致叫好，老板马上拍板录用，并一口气跟她签了四本书的合同。诺冬并不心慌，她抽屉里有的是书稿。

　　《疯狂诺贝尔》出版之后获得了巨大的成功，不但成了当年的畅销书之一，还在第二年、第三年连续获奖。法国的媒体惊呼"文坛上出了一个天才"，诺冬一下子就出名了。一九九三年，诺冬出版了她的第二部小说《爱情与破坏》，并获奖；一九九四年出版的《燃料》是诺冬迄今为止所创作的唯一的剧本，大概是在《疯狂诺贝尔》中没有过够对话瘾。该剧本写的是，在一个寒冷的冬天，三个垂死者把自己关在公寓里，尽自己的最后力量阅读和选择图书，把他们认为不好的书扔进火中。他们还能活多久？他们之间有些什么秘密？他们为什么要在生命的最后阶段读书、焚书？种种疑团笼罩着全书。《午后四点》是诺冬的第三部小说，出版于一九九五年，写的是一对老年夫妇为安度晚年而隐居在一个偏僻的乡下，却天天被一个自称医生的邻居骚扰。读者能感受到，面对空虚和失望时，文明和礼貌是多么软弱无力。该书曾被法国《读书》杂志评为当年二十本最佳图书之首，不少人把它当作诺冬的代表作，认为其可与《疯狂诺贝尔》媲美。

　　诺冬虽然每年都写几本书，但每年只出版一本，永远是在同一家出版社，永远是在同一个季节。从一九九二年出道至今，她已出版了二十八本书。纵观她的全部作品，大致可分为两类。一类是自传性小说，主要写自己的经历与身世，如《爱情与破坏》《诚惶诚恐》《管子的玄思》《饥饿传》《我心深藏之惧》等。这类小说以基本事实为依据，主人公有时甚至与她自己同名，她偶尔也会悄悄地加上一些虚构的东西。她在这些书中表达了对自己所生活过的地方的爱与恨、怀念与追忆、讽刺与批评，并不惜自嘲，但更多的还是在寻找自己的身份与归属感。作者常常用调侃的语言、幽默的语气和近乎荒诞的情节，通过自己的故事，来探寻活着的意义和生存的矛盾。

　　另一类是纯虚构的小说，灵感来自多方面，可以是哲理名言和历史故事，也可以是音乐或童话，有时也受现实生活的启发。《某种活法》的背景是伊拉克战争，《硫酸》反映的是电视直播和大众传媒。在这类作品中，主人公大多是一个年轻的知识女性，智慧、机敏、勇敢，思辨能力强，口齿伶俐，如《疯狂诺贝尔》中的女记者尼娜，《老人·少女·孤岛》中的女护士弗朗索瓦丝，《蓝胡子》中的萨图尼娜。其对手往往是年老丑陋的男性，或富有，或权威，但虚伪、霸道、粗野、强大，不过最后都败在这位美丽智慧的年轻女性手里。有时，主人公也可能是一个天真、善良、乖巧、诚实的女孩，而她的对手是与她年龄相仿的女孩或稍大的女性，或是同学，或是伙伴，或是老师，但性格和品德与她完全相反，如《反克里斯塔》中的"我"和克里斯塔、《硫酸》中的帕诺尼克和泽娜、《敲打你的心》中的狄安娜和奥丽维娅。

诺冬的小说没有什么惊天动地的情节，也没有宏大的背景，人物不多，不涉及重大题材，书中探讨的往往是生活中常见的命题：友谊与背叛、美与丑、善与恶、道德与虚伪、正义与非正义。爱情、死亡和哲理构成了诺冬大部分小说的支点，而把它们连接起来的，是敏锐的观察、犀利的语言、巧妙的思辨和无处不在的黑色幽默。这就使她的小说残酷而不残忍，灰色而不灰暗，深刻而不晦涩，爱情始终在某处招手，驱使着人们去冒险、去搏击、去不择手段、去铤而走险。

在《疯狂诺贝尔》中，老作家杀的是他深爱的表妹，理由是，他太爱她了，不想让她受到玷污。在《老人·少女·孤岛》中，少女阿彩被囚禁在一个孤岛上，心甘情愿地委身于一个粗鲁的老船长，她以为自己奇丑无比，其实美若天仙。老船长为了把她牢牢地抓在手里，才骗她说她被毁了容。在《公害》中，一个奇丑的男人为社会所不齿，到处受排挤，没有人愿意与他为伴。他受尽折磨、奚落和嘲笑，后来却成了国际法庭的大法官和选美评委会的评委，这使他得以对社会的公正和美做出新的解释，而爱神也随之降临在他的身上。在《刺客》中，主人公埃皮法尼也是一个丑得不能再丑的人物，绰号叫"卡西莫多"，他暗恋上了一个漂亮的女演员爱泰尔。爱泰尔喜欢他，却不愿意嫁给他，因为他太丑。埃皮法尼这才明白，自从有了人类之爱，丑人就没有过位置。为了报复，更多是为了占有美，他用爱泰尔扮演斗牛时用的道具牛角刺死了他心爱的人，为王尔德的一句名言做了注解："每个人都会杀死自己的所爱。"《反克里斯塔》写的是一个坏女孩的故事，她坏得可以用各种贬义词来形容，作者在书中揭示了恶的可气可恨之处，展现了它的破坏力和欺骗性，并告诉读者，要战胜恶，不光需要勇气和力量，更需要智慧。《冬之旅》中的主人公佐伊勒在爱情中找到了美，但这种美不愿放弃丑，也就是说，在得到美的同时也必须接受丑。面对这种艰难的抉择，他很彷徨、痛苦、犹豫，但最终决定宁愿毁灭美也绝不与丑同流合污，由此踏上了一条不归路。美与丑、善与恶在《硫酸》中也一直在进行斗争，只是这一次斗争的方式有些奇特。女狱卒泽娜无疑是丑恶的化身，但恶并不是不能被改造的，小说的最后，泽娜在帕诺尼克的说服、感化和影响下，终于洗心革面，做出了壮举。而《午后四点》是在埃米尔和贝尔纳丹的斗智斗勇中展开的，两人像是在玩推手，一推一挡，你来我往，较量了许多个回合。诺冬是学哲学出身的，不满足于在书中讲故事、玩小聪明，而是更喜欢在书中展示自己的学识，引经据典，把历史、宗教、神话、哲学和文学等方面的内容穿插在字里行间。故事讲述到一半，她开始探讨起礼貌、虚空、善恶等问题来，妙语奇思也随之而来。

　　语言是诺冬的小说中最让人享受的东西之一，尤其是人物对话，她的许多小说几乎全以对话组成，如《疯狂诺贝尔》《敌人的美容术》《蓝胡子》《历史影片》等。作者用对话编织了一个个巧妙、曲折而神秘的故事，光是对话本身就足以吸引读者。作品中正方反方高手过招，唇枪舌剑，妙语连珠。诺冬的语言是智慧的，也是辛辣的；讽刺是无情的，又充满了幽默。《午后四点》中的贝尔纳丹太太睡觉时会发出巨大的呼噜声，自己却睡得很沉，"如果她自己发出的响声都不能吵醒她，那就没有什么东西能吵醒她了"；贝尔纳丹家里臭气熏天，偏偏又不开窗，"他们的窗户总是关着的，好像怕浪费他们宝贵的臭味"。《冬之旅》中，劫机这种疯狂而恐怖的行为，在诺冬的笔下，竟有种滑稽的感觉，对从安检搜身、厕所清洁到等待登机的写作，都让人觉得这场死亡之旅并不是去制造灾难，而是去演出一场喜剧。对往昔的回忆、对动机的探讨、对结果的想象，使一本惊险小说慢慢地变成了哲理小品和爱情诗篇。

　　诺冬的小说篇幅都不长，结构相对简单，线索也不复杂，情节却一波三折，使读者看了一半也猜不到故事的结局，甚至与当初想象的完全相反。《疯狂诺贝尔》中的前四个记者都被博学善辩的塔施反驳得落荒而逃，就在读者以为塔施必胜无疑时，小说出现了反转，第五个记者——一个柔弱的女子上场了，她抓住了塔施的要害，逼其就范，揭露出惊天秘密：那个大名鼎鼎的诺贝尔文学奖获得者竟然是个杀人犯。

谁也想不到，《某种活法》中那个自称在伊拉克前线作战、喜欢读诺冬小说的美国大兵，完全是一个躲在乡下大吃大喝、消沉懒惰、胖得出不了门的冒牌军人。

诺冬的小说结局虽然难猜，但大多有一个共同点，那就是杀人。无论是多么温情的故事，有多么温和的人物，小说最后都会出现命案。谁也没想到，《敲打你的心》这本与谋杀、战争相距甚远的"情感小说"，最后也出现了命案，只是死法有些特殊，奥丽维娅这位心脏病专家的胸口被扎了二十多刀。《罗贝尔专名词典》的主人公是一个名叫普莱克特鲁德的小女孩，从小没有父母，母亲生下她后杀死了丈夫，然后自杀身亡。《午后四点》中的贝尔纳丹好不容易鼓足勇气自杀，却被埃米尔救下，但为了成全他，埃米尔最后只得自己充当凶手。在这里，杀人再次成了助人的善举，就像《疯狂诺贝尔》中的那个女记者和《敌人的美容术》中的杰洛姆。《蓝胡子》也一样，死是免不了的，恶必须根除。这些小说充满了神秘气氛和冷幽默，贯穿着历史与宗教知识，也不乏戏言，悬念很足，引人入胜。《刺客》中当然也要死人，当埃皮法尼遭到爱泰尔的拒绝，并且真相被揭穿时，他便动手行刺了，从而成全了诺冬的又一部以温柔开场、杀人结束，全文贯穿着幽默、自嘲、讽刺和哲理思辨的小说。

怪异奇特的书名、人名也是诺冬小说的一个特点。她的书名里有很多是不可译的，硬译过来也会让人不知所云、莫名其妙，如《老人·少女·孤岛》法语书名为 *Mercure*（水银，信使，墨丘利神），《午后四点》的法语原名为 *Les Catilinaires*（敌意的语言或尖锐的讽刺），《诚惶诚恐》的法语原名为 *Stupeur et Tremblements*（惊愕与颤抖），《我心深藏之惧》的法文原名是 *Ni d'Ève ni d'Adam*（既非夏娃，也非亚当）。她小说中的人名也是如此，往往很长，很罕见。《罗贝尔专名词典》中的主人公是一个名叫普莱克特鲁德的小女孩，《蓝胡子》中的男主人公叫堂·艾雷米里奥，《疯狂诺贝尔》中的文豪叫普雷泰克斯塔·塔施，还有《敌人的美容术》中的泰克托尔·泰克塞尔……这些名字看似与主题无关，其实并非如此，只是要花心思去琢磨，如同她在书中引用和提及的那些句子或故事，虽有炫耀之嫌，但不懂一点哲学、历史、宗教、文学，还真会被蒙在鼓里。她的书名好像信手拈来，其实也并不尽然，它们可能源于某一哲学理论、某个神话、某种传说或某个典故。据《法语词源词典》的作者瓦尔特·冯·瓦特堡考证，"Ni d'Ève ni d'Adam"这个句子源于一七五二年的一个法国俗语，意思是"不认识，不知道，从来没有听说过，哪怕是追溯到亚当夏娃的时代"。"Les Catilinaires"则源自古罗马的一段历史：罗马贵族喀提林（Catiline）多次策划阴谋，但屡屡被西塞罗挫败。西塞罗训斥喀提林的演说非常著名，后来"斥喀提林"便成了一个名词。诺冬选用这个词做书名，不排除有戏谑的成分，但也不能说它与小说完全无关，小说中的埃米尔不是曾学西塞罗滔滔不绝、高谈阔论，试图以另一种方式战胜贝尔纳丹吗？读诺冬的小说是愉快的，她幽默的语言、奇妙的构思和独特的叙述方式常常让人手不释卷——当然，这是小聪明，不是大智慧，是小作品，不是大手笔。但她的小说轻松而不肤浅，轻快而不乏犀利，篇幅不长但可以反复咀嚼和品味，她做的是家庭小炒，但她会把小菜做得漂漂亮亮。诺冬的小说似乎好懂，翻译起来却很不容易，很多地方原先以为读懂了，细细再读，才发现完全不是那么回事。她的文字中潜伏着太多的言外之意，正如她在情节中设置了太多的陷阱一样。读她的书，翻译她的书，都是一种智力游戏，稍有不慎，就会上当，她则像书中的女主人公那样，坏坏地躲在一旁偷笑。译者有幸多次见到作者本人，尤其是二〇〇六年，译者在阿尔班·米歇尔出版社实习数月，诺冬在那儿有一个办公室，她每天上午来拆看和回复读者来信，译者得以不时与她交谈，向她请教翻译中的问题，和她一起喝咖啡，谈她小时候在北京的故事。生活中的诺冬真诚、爽直，并不像书中的"她"那样难以捉摸。

胡小跃

二〇一九年十月二十五日

Hygiène de l'assassin by Amélie Nothomb
© Editions Albin Michel-Paris 1992
Current Chinese translation rights arranged through Divas International, Paris
巴黎迪法国际版权代理（www.divas-books.com）

著作权合同登记号：图字18-2019-303

图书在版编目（CIP）数据

疯狂诺贝尔 / （比）阿梅丽·诺冬著；胡小跃译
. -- 长沙：湖南文艺出版社，2022.1
　ISBN 978-7-5726-0467-6

　Ⅰ. ①疯… Ⅱ. ①阿… ②胡… Ⅲ. ①长篇小说—比
利时—现代 Ⅳ. ① I564.45

　中国版本图书馆 CIP 数据核字（2021）第 237586 号

上架建议：畅销·外国悬疑小说

FENGKUANG NUOBEI'ER
疯狂诺贝尔

著　　者：〔比〕阿梅丽·诺冬（Amélie Nothomb）
译　　者：胡小跃
出 版 人：曾赛丰
责任编辑：刘雪琳
监　　制：邢越超
策划编辑：李美怡
版权支持：辛　艳　张雪珂
营销编辑：文刀刀
版式设计：利　锐
封面设计：潘雪琴
封面插画：Ximena Arias
出　　版：湖南文艺出版社
　　　　　（长沙市雨花区东二环一段508号　邮编：410014）
网　　址：www.hnwy.net
印　　刷：河北鹏润印刷有限公司
经　　销：新华书店
开　　本：680mm×955mm　1/32
字　　数：116千字
印　　张：7
版　　次：2022年1月第1版
印　　次：2022年1月第1次印刷
书　　号：ISBN 978-7-5726-0467-6
定　　价：45.00元

若有质量问题，请致电质量监督电话：010-59096394
团购电话：010-59320018